黙秘犯

翔田 寛

角川文庫
22779

目次

プロローグ

無地の白い壁を背にして、取調室のデスクの向かい側に、上背のある男が俯いて座っている。

眉が太く、一重の大きな目と太い鼻柱、それに大きな口だ。強そうな髪を短く刈り込んでおり、がっちりとした顎や痩せた頬に、薄らと無精髭が伸びている。黒いポロシャツ姿で、グレーのズボンというなりだった。取り調べ中なので、ズボンにベルトは通されていない。

米良恭三警部補は静かに息を吐くと、その顔から目を離さぬまま言った。

「どうして殺したんだ」

窓一つない取調室の張り詰めた空気に、いささかの変化も生じず、男はデスクに視線を据えたまま、かすかにも口を開こうとしない。

「現場から走り去るおまえの姿が、はっきりと目撃されているんだぞ」

男が一重の目を瞬かせ、真一文字に閉じた口元に力を籠めるのが分かった。

「現場に残されていた凶器の、血の付いた指紋、あれも間違いなく、おまえのものだった。――ここまで証拠が揃っていながら、なぜ黙秘する」

一瞬だけ、男の瞼が痙攣するように震えたものの、すぐに視線をあらぬ方に向けてしまった。その横顔に、ひどく頑なな人柄が滲み出ているように米良には感じられた。

目撃証言。

凶器の形状と、被害者の致命傷の一致。

その凶器に残されていた指紋。

必要な材料は、ほぼ揃っている。残るはただ一つ、殺害の動機だけなのだ。いいや、殺害の理由がたとえ明らかにならなかったとしても、検察への送検は十分に可能だろう。そして、担当検事も容易に起訴に持ち込めるはずだ。しかし、そんな専門的なことを抜きにしても、この男にも自分がいかに不利な立場にあるのか、常識的に考えても分かりそうなものではないか。

米良は、再び言った。

「そうやって、こっちの取り調べに黙秘を貫き、検事の取り調べにもダンマリを決め込むつもりならば、それもいい。しかし、おまえには前歴があるのだから、十分に承

第一章　夜道の凶行

一

友部杏子は、両手にクリーニング済みの枕と掛け布団のカバーの束を抱えて、普通の民家の倍ほども幅のある広い階段を素足で駆け上がった。

大浴場の湯垢取りの清掃を終えて、これから七室ある客室の寝具のカバーをすべて交換しなければならない。それが済んだら、客室の畳と板間に残らず掃除機を掛ける。紺碧の館山湾が一望できる大きな窓ガラスも、毎日拭かなければならない。食材の搬入。常連客への季節ごとの案内葉書の郵送。ホームページの更新。仕事ならいくらでもあるのだ。白とマリンブルーのボーダー柄のTシャツにスリムな七分丈のジーンズ姿の杏子は、長く豊かな黒髪をポニーテールに結んでいる。額にかすかに滲んだ汗を、手の甲で拭った。

杏子の実家であり、同時に民宿である夕凪館は、千葉県の館山駅西口から続く《夕映え通り》を一キロほど行ったところに広がる、北条海水浴場のすぐそばに建っている。経営者は父親の友部喜久治で、母親の松子も手伝っている。従業員は通いの中年女性の石川節子と、住込みの板前、倉田忠彦だけだ。

宿泊するのは、主に釣りや海水浴、それに潮干狩り目当ての客たちである。春から夏にかけてのシーズンは、客室がそれなりに埋まるものの、秋から冬場にかけては釣り客だけになるので、宿の経営は厳しい。

右側の窓から、弱々しい陽が射し込んでいる。八月に入ってから、三十度を超える猛暑が続いたが、今日はいくらか気温が低い。その二階の廊下の向かい側から、バケツを下げた小太りの母親が足早に近づいてきた。ノースリーブの臙脂色のシャツに、焦げ茶色のスカートというなりである。額が汗で光っており、白い日本手拭いを首に掛けていた。客室の洗面所とトイレの掃除を終えたところだろう。たぶん、これから、玄関ホールの掃除に取り掛かるはずだ。それが終われば、玄関表の掃き掃除が待っている。

「今日は、お客さん何組の予定？」

杏子は足を止めて、声を掛けた。

「四人家族が一組と、釣りの男の人たちが二人よ」

松子が立ち止まり、息を弾ませて明るい表情で言い添えた。銀縁眼鏡の奥の二重の柔和な目、下膨れの頬、地味な口紅だけの簡素な化粧。パーマの掛かった髪は黒々としているものの、実は三週間に一度染めているのだ。

「でも、来週のお盆に入れば、かなりの予約が入っているから、心配ご無用よ。それに、倉田さんの料理の評判がとても良くてね」

杏子は、頭の中ですぐに指を折った。六日後の八月十三日が、お盆の迎え火である。北条海水浴場も、ひときわ賑わう時期だ。お盆に先立って、館山湾では花火大会も行われる。

「そう、母さん、苦労するわね」

「あんたはそんなことを気にしなくていいの」

首に掛けた日本手拭いで額の汗を拭うと、松子が首を振り、続けた。

「それより、結婚式で着るドレスの仮縫いがあるんだろう」

ええ、と杏子はぎこちなく笑みを浮かべる。

夕刻、ウエディングドレスの仮縫いのために、船橋の洋装店に赴くことになっているのだった。挙式は、半年後の一月二十日に行われる予定になっている。結婚相手は、高校の数学教師、桜井修一だ。

修一と知り合ったきっかけは、杏子の弟の雄二が高校三年生のとき、彼がクラス担任だったことだった。忘れ物をした雄二のために、その十月に富津にある高校まで杏子が届け物に行ったとき、職員室で顔を合せたのである。そのときは、雄二の成績のことや、実家が民宿を経営していることなど、ほんの短く言葉を交わした程度だった。

その後、十一月に入り、夕凪館に宿泊の予約の電話が掛かって来て、修一が五人の知り合いの男たちとともに、夕凪館に宿泊した。応対に出た杏子に、修一は、彼らが東京の大学に通っていたときの硬式テニス部の仲間だと紹介した。

だが、そのとき、杏子に向けられた修一の眼差しに、弟の担任として以上の熱い光が宿っているのを、彼女ははっきりと感じ取ったのである。彼は三十前後らしく、上背があり、中学生の頃からずっとテニスを続けていたというだけあって、服の上からも肩幅の広い筋肉質な体が見て取れた。二重の大きな目と鼻筋の通った顔は、日焼けしていて精悍そのものだった。

それから、何度も食事に誘われ、修一から交際を申し込まれて、付き合い始めたのが翌年の三月。そして、二か月前、結婚を申し込まれて、かなり迷った挙句に承諾したのだった。二十四歳になる杏子の周囲でも、結婚したり、婚約したりする友達が、次々と現れ始めていたから、それなりに心も動いたし、結婚相手として、修一は申し分のない男性に思えたのである。

杏子の両親は、この結婚話を打ち明けられて驚愕した。桜井家は館山でも広く知られた大地主であるだけでなく、地元出身の国会議員の親戚でもあるからだ。この結婚話を知っているのは、家族と宿の従業員、それに杏子の親しい友人だけだった。

「偶然ね、倉田さんも、夕方、鈴木さんのところに顔を出すために船橋へ行くって言っていたから。――さあさあ、着替えがあるだろう。こっちはもういいよ」

松子が言った。

咄嗟に、杏子は腕時計に目を向けた。午後三時五分過ぎ。お客さんのチェックインは、午後四時からだ。

「まだ少し時間があるから、残った仕事を済ませちゃうわ。――でも、本当に私がこの家を出ても大丈夫なの？」

高校三年になったとき、杏子も大学への進学を考えなかったわけではなかった。それなりに勉強もしていたし、高校時代の同級生のほとんどが進学すると知っていたからだ。高校までとは違う大学での勉強。サークル活動。学生コンパ。ゼミ合宿。そんなキャンパスライフに対する憧れもあった。だが、散々に迷った挙句、進学を断念したのだった。そして、人手の足りない家業のことを考えて、民宿の仕事をずっと手伝ってきたのである。

松子が笑った。

「何をくだらないことを心配しているの。あんたは修一さんのことだけを考えていればいいのよ」

「だったら、いいんだけど」

そう言うと、杏子は母親の脇をすり抜けた。それでも、胸の裡の重いわだかまりは、少しも軽くならなかった。人手が減れば、当然、両親の負担が増えることになる。杏子が、修一との結婚を手放しで喜べない理由の一つは、そのことだった。しかし、それとは別に、修一の母親や親戚の一部が、修一と杏子の結婚を快く思っていないのを知ったことも大きかったと言わざるを得ない。

その事実を知ったのは、二か月ほど前、修一に連れられて、彼の両親に挨拶するために桜井家を訪れたときのことだった。彼女の美貌に顔を上気させた父親にくらべて、母親が、それと分かるほどそっけない素振りを見せたのだ。むろん、そのときに感じた冷ややかな対応に、杏子は気が付かないふりを装った。だが、彼女を自分のベンツに乗せて夕凪館まで送る道すがら、修一の方から詫びの言葉を口にして、母親の真意や親戚の中に二人の結婚話に顔をしかめる者がいることを有体に告白したのである。

《うちのお袋は、僕を知り合いの政治家の娘と結婚させたがっていたんだよ。親戚に政治家がいるからね。でも、杏子さん、結婚する相手は、あなたしか考えられないんだ。結婚後は、両親とはもちろん別居するし、あなたのことをずっと守るから》

本当のことを正直に口にしたことと、きっぱりとしたその態度に、杏子は改めて胸が熱くなったものだった。だが、修一の求婚を受け入れる決意を固めたのは、もう一つ、両親にも話していない理由があった。取引銀行の担当者を介して、夕凪館の財政状態が厳しいことを偶然に耳にした修一が、結婚したら実家から援助させてほしいと申し出たからだった。その援助があれば、夕凪館の大浴場のリニューアルもできるし、宣伝にももっと力が入れられるはずなのだ。むろん、杏子が抜けた後の人手の手当ても可能になるだろう。どんなことがあっても、両親の生活の糧となっている夕凪館を潰（つぶ）すわけにはいかない。

　そのうえ、廊下を歩きながら、母親が努めて気丈に振る舞っていることも、杏子ははっきりと感じていた。十日前の七月二十八日に、四歳年下の弟の雄二が、近くの海水浴場で溺死（できし）したからである。松子は、三日も号泣したし、雄二とずっと折り合いの悪かった父親の喜久治でさえ、声を上げて泣いた。弟の死を知ったとき、杏子は驚きと悲嘆のあまり、気を失いかけたほどだった。

　その悲しみは、まだ少しも癒（い）えていない。だからこそ、こうして忙（せわ）しなく立ち働いている。そうすることで、つかの間、その悲しみを遠ざけることができるからだった。きっと、母親もまったく同じ思いだろう。修一との挙式は当初、十一月初旬の予定だったが、雄二の死を慮（おもんぱか）って、彼が予定の延期を申し入れてくれたことにも、改めて感謝の念が湧いてくる。

雄二は体が小さく、とても気の弱い弟だった。家族に心配を掛けることを憚ったのか、自らの苦衷について一言も口にしたことはなかったものの、中学でも、高校でも、性質の悪い同級生たちから虐められることが多かったらしい。人並みの幸せを得ることなく死んだ弟のことを思うと、杏子は胸が痛んだ。

どうして死んだのだろう。警察が調べたものの、自殺や他殺、それに事故のいずれかを裏付ける明確な痕跡や証拠、目撃証言などが見つからなかったことから、結局、事故ということで決着した。

しかし、真相は依然として不明なのだ。亡くなった晩、民宿の裏手から続く自宅一階の部屋から、弟が家族に知られぬまま抜け出したことまでは判明している。しかし、どうして、家を抜け出したのか。なぜ浜辺へ行ったのか。いずれもはっきりしていない。これがもしも、晴天の晩の出来事だったとしたら、夜の北条海水浴場を散策していた観光客もかなりいたことだろう。だが、当日はあいにくと小雨が降っていて、出歩いている人間は見つからなかったのである。

何も言い残すことなく、雄二はこの世を去ったのだ。だから、来年の初盆にこの家に戻ってくる弟の御霊に、杏子は訊いてみたいことがあった。

修一さんとの結婚を報告したとき、父さんや母さんはあんなに喜んだのに、あんただけは、どうして少しもいい顔をしてくれなかったの――

それが、杏子が結婚にかすかな不安を覚える、もう一つの理由にほかならなかった。

二

LED照明が明るく灯ったキッチンで、シンクに置かれた洗い桶に、蛇口から勢いよく水が流れ落ちてゆく。

小森好美は、洗剤を含ませたスポンジで茶碗を洗いながら、大好きな松田聖子の《瑠璃色の地球》を口ずさんでいた。

今夜は、夫が福島県の喜多方に出張中だ。大学生二年生の息子もラグビー部の合宿で、一週間前から長野県の菅平に行っている。高校三年生の娘は、船橋駅近くの予備校で遅くまで授業があるから、夕食も簡単に済ませたのだった。

薬学部志望の娘は、親が驚くほどの頑張り屋で、一日、十五時間も勉強する。彼女用の夜食も、同じものがテーブルにラップを掛けて準備済みだ。昨晩の残り物のロールキャベツと、ひじきの煮物。帰って来たら、電子レンジでご飯をチンして、みそ汁を温めて出してやればいい。

たまには、一人も気楽でいい――

壁に掛けてある時計に、目を向ける。

午後八時二十一分。

後片付けが終わったら、ダイエットのために、ここのところずっと我慢してきたプリンを食べながら、テレビで韓国ドラマを見るつもりだった。夫や息子にはひどく不評だが、今夜はうるさい二人がいないから、ゆっくりと見られる。《W―二つの世界―》というドラマを見てから、好美はイ・ジョンソクという若手俳優の大ファンになった。長身で目が細くて、いかにも爽やかだし、韓国語は分からないものの、話し方がまさに好青年という感じなのだ。

「おい、待てよ――」

キッチンの前の曇りガラス越しに、いきなり男の怒鳴り声が響いたのは、そのときだった。

短い悲鳴が続いた。

洗い物の手を止め、好美は身を硬くする。

一人も気楽でいい、という気持ちなど跡形もなく消え失せて、胸の鼓動が速くなる。

「あっ、あの晩の――」

今度は、女性の切羽詰まったような声が響いた。

「何だと――」

その言葉の後を追うように、驚いたような男の声が響いた。

物がぶつかり、縺れるように人が走る足音が聞こえてくる。

通報しなくちゃ――

刹那に、好美は思い付く。だが、流し前の小窓は曇りガラスだから、台所の照明のせいで、外からこちらの存在が確認できるはず。この家は壁も薄いから、電話を掛けたりしたら、外まで聞こえるかもしれない。警察に連絡していると気が付いたら、この家に無理やり入り込んで来るかもしれない。

躊躇いが、体を金縛りにする。

水道の音に重なり、壁の時計の音がやけに大きく聞こえる。

カチ、カチ、カチ、カチ――

音がする度に、胸の鼓動も飛び跳ねる。

そのとき、ガラスが割れる耳障りな音がして、何か重いものが倒れるような音がした。

と、ふいにまったく別のことに思い当たった。船橋駅近くの予備校からの帰りに、娘もこの路地を通るのだ。あの子が予備校を早退して帰ってきていて、男に襲われているのだったら、どうしよう。

迷いは一瞬だった。茶碗とスポンジを流しに放り出すと、好美は足音を忍ばせて八畳のリビングに走り込んだ。そのままリビングを通り抜けると、廊下の横の階段を駆け上がった。二階の北側の窓から見下ろせば、危害を加えられることなく事態を確認できるはずだ。万が一、娘が襲われていたら、思い切り悲鳴を上げて叫べばいい。

息を切らした好美は、北側の四畳半に駆け込んだ。夫がパソコンでインターネットをしたり、年甲斐もなく趣味の鉄道模型やエアガンを飾ったりしている部屋である。

部屋に飛び込んだ途端に、思わず舌打ちが出てしまった。夕刻に窓のシャッターを下ろしてしまったから、真っ暗だったのだ。

慌ててカーテンを脇に寄せて、窓ガラスを開け、シャッターを持ち上げた。

すぐに首を突き出して、下を見やった。

思わず息を呑む。

外灯の青白い光に照らされた道路に、男がうつ伏せに倒れていた。

その頭の辺りの路面に、血が広がってゆく。

好美の目の端に、路地の角を曲がる背の高い男性の後ろ姿が映った。

髪を短く刈り込んだ長身、黒いポロシャツ、下はベージュのスラックス。

足音が遠ざかり、どこかで犬が激しく吠え始めた。

三

船橋署刑事課の香山亮介巡査部長は、覆面パトカーのトヨタ・クラウンを住宅街に乗り入れた。

路上にはすでに五、六台のパトカーや、覆面パトカーがライトを点けたまま停車している。パトカーのルーフ上で箱型の赤色警光灯が忙しなく回転しており、刺激的な赤い光の明滅のせいで、周囲に不穏な気配が張り詰めていた。

道沿いの門から、何人もの住人たちが囁き交わしながら、路地の奥の方を恐々と見つめている。携帯電話を向けて撮影している不埒者もいた。知り合いに、ＳＮＳで画像を送るつもりかもしれない。路地の角に規制線のイエローテープが広く張り渡されており、半袖の制服警官たちが立ち並び、現場保存が図られていた。

塀際にシルバー・メタリックのクラウンを停めて、車外に降り立った香山は、犬の吠え声を耳にした。刑事部鑑識課から警察犬が出動しているのだろう。人間の四千倍以上とされる犬の嗅覚によって、犯人や関係者の足跡追及活動を行うためだ。

蒸し暑い夜気が、全身を包む。ズボンのポケットからフェルト地の《捜査》の腕章を取り出し、半袖の白い開襟シャツの袖に留めると、両手に白手袋を嵌めながら、クラウンのサイドガラスを見やった。外灯の光を浴びて、面長の自分の顔が映っていた。

少し長めの髪。一重の目と細く高い鼻梁。薄い唇。高校時代、めったに喜怒哀楽を露わにしない香山のポーカーフェイスぶりを、級友たちがからかって、《埴輪の兵士》

という綽名で呼んだことを思い出す。

いつものように、香山はかすかに頭痛を感じ、額に手を当てた。十年ほど前、乳癌を患った妻の入院から来る過労とストレスのせいで、顔面右側に帯状疱疹ができた。以来、頭痛持ちになってしまったのである。

手袋を嵌め終えると、周囲を慎重に見回しながら、イエローテープに近づく。制服警官たちが敬礼したが、無言でうなずき返して、イエローテープを潜った。

足跡を残さぬためのボードが、遺体まで一列に敷かれていた。周囲に設置された複数の投光器のせいで、現場が真昼並みの明るさになっている。五名の鑑識係が現場鑑識活動を行っていた。横一列になって広がり、身を屈めるようにして、路面にブラックライトの光を当てて目を凝らしていた。遺留品、靴跡、唾液や汗などの体液の痕跡、毛髪や皮膚、血液、それに衣服の繊維などの微物を探している。事件発生直後に必須の捜査活動だ。時間が経てば、そうした微物が失われる一方、事件と無関係の異物も混入する可能性が高まる。鑑識課員によってカメラのフラッシュも盛んに焚かれていた。やはり、警察犬のリードを手にした鑑識課員もいる。

遺体の傍らに、皺だらけの濃紺のスーツ姿の三宅義邦巡査長と、ベージュのサマージャケットにジーンズという恰好の増岡美佐巡査がしゃがみ込んでいた。警察に通報が入ったのは、三十分ほど前だったが、刑事課の主任である香山自身は、そのとき別件で手が離せなかったので、とりあえず二人を先乗りさせたのである。

「どんな塩梅だ」

遺体に近づくと、香山は声を落として言った。

二人が揃って振り向くと、無精髭の伸びた熊顔の三宅が口を開いた。

「撲殺ですね」

痰の絡んだような太い声で言った。三宅は相撲取りなみの巨体で、顔の大きい四十男である。ボサボサの髪に、四角い黒縁眼鏡を掛けたその三宅が、手にした懐中電灯で、遺体の右側頭部の陥没と、傷から流れた路面の血だまりを照らした。

外灯の光で天使の輪が光る短髪の増岡も、無言のまま、かすかに青ざめた顔色で遺体を見つめている。刑事としては新米なので、遺体にまだ慣れていないのだろう。こちらは三十代に入ったばかりで、二重のくっきりとした目と鼻筋の通った顔立ちだ。ほとんど化粧っけがないものの、唇にピンク色のリップグロスを塗っている。

香山はうなずき、しゃがみ込むと、遺体に向かって丁寧に合掌し、口元にハンカチを当てて確認を開始した。

遺体は若い男性だった。濃い眉、丸い鼻、少し分厚い唇、かすかにしゃくれた顎という顔立ちで、ダンガリーの半袖シャツにインディゴブルーの細身のジーンズ、白のスニーカーソックスに白のデッキシューズというなりだった。痩せ形で、身長は百六十半ばくらいか。顔はかすかに幼さが残っており、二十歳前後のように見える。

香山は顔を上げると、周囲を素早く見回した。三メートルほど離れた路上に、割れた瓶が転がっていた。形状と色合いからして、ワインボトルのようだ。物証の可能性を示すアルファベットの記された標識が、その傍らに置かれている。

「凶器は、あれか」

香山の言葉に、三宅が渋い顔つきでうなずく。

「たぶん、そうだと思います。先の方の割れた部分に、血糊と毛髪が付着していました。科捜研で検査して、被害者の頭部の傷と一致すれば、間違いないでしょう。それに——」

言いかけて、三宅もボトルに目を向けた。

「それに、何だ」

「犯人が握ったと思しきあたりに、指紋も残っています」

「指紋？」

顔を戻した三宅が、再びうなずく。

「血の付いた素手で、あの瓶を握ったんでしょう」

香山は、無言のまま遺体をさらに検めた。

顔面。

シャツから剝き出しになった両腕。

ともにこんがりと日焼けしており、掌の辺りに腕時計が引っかかり、左手首に日焼けしていない白い肌が露出していた。時計はロレックスだった。犯人と争った弾みで、腕時計のベルトの留め金が外れたのだろう。検視結果を待たなければ断言できないが、側頭部の傷以外に外傷や打撲痕は見当たらず、防御創もない。

鼻を近づけると、遺体からアルコールの匂いが漂っていた。今夜、酒を飲んだのだろう。酔っていて、凶行に遭ったのか。司法解剖で胃の内容物も判明するはずだ。よく見ると、遺体の周囲に、ガラスの破片が散らばっていた。

「ガラスの破片の位置は、一つ残らず記録を取ってもらいたい。それに、写真も撮ってくれ。それから、破片は一つ残らず押収するんだ」

香山は、鑑識課員に言った。

「了解しました」

うなずくと、彼は増岡に顔を向けた。

「身元の分かるものは？」

真剣な顔つきの増岡が、口を開いた。

「ジーンズの後ろポケットから、長財布と携帯電話が見つかりました。財布には三万三千円の札と小銭、二枚のキャッシュカード、クレジットカード、免許証とレンタル・ビデオの会員カード、学生証、それに飲み屋のものらしきカードが入っていました。あとはコンビニと飲食店のレシートのみです」

彼女が右手で透明なビニール袋を掲げた。中に革製らしき長財布と携帯電話が入っている。

「氏名は？」

「西岡卓也です。――東西の西、岡山の岡、麻雀卓の卓、それになりの也」

「年齢は？」

「免許証の生年月日から計算して、二十歳です」

運転免許証の表の最上段には、氏名と生年月日が記されている。

「住まいは？」

「免許証には、千葉県館山市北条――となっています」

「どこの学生証だ」

「船橋市内の大学です。経済学部の二年生」

「免許証と学生証の顔写真は、被害者と一致したのか」

「ええ、本人に間違いありません」

遺体に屈み込んでいた香山は、上体を起こした。館山市は、房総半島の比較的大きな市だ。船橋からだと、総武線と内房線を乗り継いで、二時間ちょっとでたどり着ける。それにしても、ここからかなり離れている。実家は館山でも、船橋市内に住んで大学へ通学していたのだろうか。それにしても、こんな場所で、どうして凶行に巻き込まれたのだろう。

香山は改めて周囲を見やった。繁華街ならいざ知らず、外灯の灯った何の変哲もない住宅街だ。喧嘩（けんか）。通り魔。何らかの動機で待ち伏せされたのか。それとも、物取りだろうか。いいや、と香山は内心でかぶりを振る。若者にしては高額の金銭が入ったままの長財布もロレックスも手付かずで残されていたのだから、その線はないかもしれない。

「増岡、自宅にすぐに連絡してくれ。なるべく早く、家族に本人確認をしてもらうんだ」

その言葉に、増岡が一瞬、表情を硬くした。殺人事件の場合、被害者家族に連絡することは、気骨の折れる役目にほかならない。

「了解しました」

硬い口調で言うと、増岡が遺留品の入ったビニール袋を三宅に手渡して立ち上がり、無言のまま、その場を離れた。

香山は、三宅に顔を向けた。

「鑑識と協力して、携帯電話の通話履歴を調べてみてくれ。ロックが掛かっているかもしれんが、たいていは指紋認証だ。通話記録とメール、それに、ここひと月ほどのSNSの内容を確認することも忘れるな。増岡が戻って来たら、二人で被害者の今夜の足取りを探るんだ」

「了解しました」

熊顔の三宅がうなずく。

そのとき、イエローテープを潜って、米良恭三警部補が現場に入ってきた。部下の立川守男（たちかわもりお）巡査部長を連れている。これから代行検視に取り掛かるのだろう。事件性のある遺体については、現場において、鑑識課員の検視官による司法検視を行わなければならないことが、刑事訴訟法で定められている。それを司法警察官が代行することを、代行検視というのだ。

米良は、今年三月に定年退職した刑事課の係長、入江正義（いりえまさよし）の後任である。胡麻（ごま）塩の刈り込んだ短い髪型で、二重の丸い目をしており、厚い唇と小鼻の広がった鼻、それに色黒のせいで、エネルギッシュな印象を与える。一方、立川は、長身で薄い顔立ちである。二人とも、地味な背広姿だった。

「係長、通報者の家はどこですか」

立ち上がると、香山は言った。

「そこの家だ」

米良が厳しい顔つきのまま、すぐ横の二階建ての住宅を指差した。

四

「小森好美さん」

香山は声を掛けた。

玄関の上がり框に立っている好美は、自分自身を守ろうとするかのように、両腕を体の前で交差させていた。顔色は蒼白で、その視線が落ち着きなく揺れている。七分袖の白いシャツに、下は辛子色のタイトなスカート姿だった。

「どうか、ご安心ください。当面の間、パトカーがこの辺りを重点的に巡回しますから」

香山は言いながら、すでに彼女に聞き取りを行った米良と立川から耳にした内容を、頭の中で反芻していた。事件が起きたと考えられる時刻。キッチンの窓越しに怒鳴り声を耳にし、人の争うような気配を感じたという経緯。女性の短い悲鳴と叫び声。二階の窓から首を突き出して目撃した光景。外灯の青白い光に照らされたうつ伏せの男性。路地から逃げて行く男性の後ろ姿。

「お手数をおかけしますが、もう一度、お話を聞かせてください」

香山の言葉に、好美が身震いしながらうなずいた。

「は、はい」

「最初に怒鳴り声を耳になさったと伺いましたが、それは男性の声でしたか」

「ええ、そうだと思います」

「正確には、何時頃のことですか」

「午後八時二十分頃だったと思います。キッチンの時計を見た覚えがありますから」

「それは若い感じの声でしたか、それとも中年、あるいは老人？」

「若い感じだったと思います」

「何と怒鳴ったんですか」

「だから、さっきの刑事さんたちにもお話ししたように、《おい、待てよ》と聞こえました。それまで夕食の後片付けをしていたんですけど、本当にびっくりしました。それから、女の人の悲鳴が聞こえたんです。それから、《あの晩の》と叫んだような気がします」

「その女性の声は、若い感じでしたか。それとも中年、あるいは老人？」

「ほんの短い叫び声だったので、確信はありませんけど、若い人のように聞こえました。そうしたら、《何だと》って、たぶん同じ男の声がしたんです。――それは驚いたような、慌てたような感じに聞こえました」

香山は、頭の中で、事件経過を思い描いてみた。夜道で、若い男が若い女性を呼び止める。すると、女性は何かに気が付いたのだ。それは声を掛けた男の側にとって、意外なことだったのかもしれない。そして、争いになった。犯人がワインのボトルを摑み、相手に殴り掛かる。それから、現場から慌てて逃げ去る。一人は若い男性で、もう一人は若い女性。それなのに、被害者は男性で、逃げ去る姿を目撃されたのも男性——これでは辻褄が合わない。

「争っていたのは、二人でしたか。それとも、二人以上でしたか？」

香山の問いかけに、好美が俯き、眉根に皺を寄せて考え込んだものの、ゆっくりと顔を上げた。

「台所の窓は曇りガラスになっていますから、揉めていた人たちが何人だったかまでは、見当もつきません」

「あなたが目撃されたという後ろ姿の男性ですが、何歳くらいの人でしたか」

「後ろ姿でしたし、かなり離れていましたから。年齢までは見分けはつきませんでした」

「身長は？」

「はっきりしませんけど、かなり高かったように思います」

「髪の毛は、どんな感じでしたか。長髪、短髪、パーマヘア？」

「一瞬目にしただけですけど、短く刈り込んだ髪型だったような気がします」

「服装は？」

「黒いポロシャツに、下はベージュのスラックスだったと思います」

香山は、いかにも二十歳前後の男子大学生という感じの被害者の服装を思い浮かべた。それに比べれば、いまの証言から鑑みて、逃げて行った男は、もっと年長のような印象を覚える。そんな両者に、いったいどんな接点があったのだろう。彼は再び小森好美に訊いた。

「あなたが争いに気が付いて、二階に駆け上がり、部屋の窓から下を見下ろすまでに、どのくらいの時間がかかりましたか」

好美がまたしても考え込んだものの、すぐに言った。

「たぶん、五分くらいは経過していたんじゃないでしょうか——少しの間、怖くて、身がすくんでしまいましたから。でも、うちの娘が巻き込まれたのかもしれないと考えたら、いても立ってもいられなくなって」

「これまでに、そこの路地で、揉め事や喧嘩が起きたことはありますか」

「いいえ、うちは二十年近くここに住んでいますけど、こんなことが起きたのは、これが初めてです」

恐怖がまだ少しも消えていないのか、好美が声を震わせた。

五

被害者の西岡卓也の母親、西岡千鶴子が船橋署に駆けつけてきたのは、午後十時半を回った頃だった。

霊安室に安置されていた息子の遺体と対面した途端に、彼女は絞り出すような悲痛な叫び声を上げて、そのまま床に崩れ落ちた。激しく泣き叫ぶ声が響く霊安室の隅で、香山はただ一人、無言のまま、ずっと立ち尽くしていた。

彼女がどうにか泣き止んだのは、一時間ほど経った頃だった。

「奥さん、この度の息子さんのこと、どれほどの深いお悲しみか、心よりお察し申し上げます」

頭を下げた香山の言葉に、握り締めたハンカチを目に当てたまま、千鶴子が無言でうなずく。ふっくらとした頬をしており、目も口も小さな四十代半ばくらいの女性だった。生成りの半袖ブラウスに紺色のスカートというなりで、真っ赤に泣き腫らした目を瞬いている。

香山は続けた。

「こんなときに申し上げるのは、誠に心苦しいのですが、我々警察官が為すべきことは、草の根を分けても犯人を捜し出して逮捕し、法の裁きに懸けることです。どうか、捜査にご協力願えませんでしょうか。それが、息子さんへのせめてもの手向けになると思いますので」

「は、はい」

千鶴子が涙声で言った。

「奥さん、大丈夫ですか」

三十分後、船橋署一階の応接用のソファで、香山は西岡千鶴子と対座していた。

時おりしゃくり上げ、千鶴子はハンカチを目に押し当てたまま、かすかにうなずく。

彼女の前のテーブルに、水を満たしたコップが置かれているものの、手も触れていない。

「息子さんは、船橋市内の大学に通われていたんですね」

口調をできるだけ和らげて、香山はさりげなく切り出した。

「はい、そうです」

言いながら、千鶴子が洟(はな)を啜(すす)る。

「自宅から通学なさっていたんですか」

「いいえ、船橋市内のワンルームマンションで暮らしていました。館山の実家には、長い休みの時に戻ってくるくらいでした」

「つまり、仕送りなさっていたということですね」

「はい。マンションの家賃は、夫の口座からの引き落としにしていました。生活費は、私の口座に振り込んだものを、あの子に預けてあるキャッシュカードで引き出して使わせていました」

「ちなみに、そのマンションの住所は？」

「船橋市――」

諳んじている住所を口にした途端に、千鶴子が掌を口に当て、またしても泣きそうな顔つきになった。元気だった頃の息子の様子を、思い浮かべてしまったのだろう。

しばし掛ける言葉が見つからなかったものの、香山は思い切って言った。

「これも酷な質問で、誠に恐縮ですが、今回の件について、何か心当たりはありませんか」

だが、千鶴子は俯いたまま、無言で首を振る。

「誰かに恨まれていたとか、揉めていたとか、あるいは喧嘩になっていたとか、そういうことはありませんか」

千鶴子の答えを待った。だが、その場に沈黙が落ちた。

香山は続けた。

「お付き合いされている女性はいましたか」

痴情沙汰も、十分に犯行の動機になり得る。想いを寄せる女性が被害者と付き合っていて、犯人が嫉妬の挙句に待ち伏せして殺害する。そんな構図も容易に描けるし、現実に、そうした事例は枚挙にいとまがない。むろん、その逆も考えられるし、現時点では、被害者が返り討ちに遭った可能性も捨てきれないのだ。

依然として千鶴子は黙ったままだ。だが、その沈黙に自ら堪えかねたように、彼女はいきなり顔を上げると、涙声で言った。

「卓也は、とても気立ての優しい子でした。他人から恨まれたり、揉め事になったりすることなんて、絶対にありません」

香山は小さくうなずいた。むろん、彼女の言い分に納得したわけではなかった。母親が息子を贔屓目に見るのは、いたって当然だと思ったまでである。

「最近、息子さんと連絡を取られたのは、いつのことですか」

突発的な喧嘩だったのか。それとも、何らかの動機による殺害だったのか。香山は質問を再開した。

六

捜査会議は、船橋署の最上階にある講堂で、異例の午前零時過ぎから始まった。《船橋市内大学生殺人事件》という《戒名》が貼り出された特別捜査本部が、急遽、六十人態勢で立ち上げられたのである。

講堂の正面には雛壇が設えられており、捜査本部長として船橋署の若い署長、副本部長として千葉市中央区長洲にある県警本部から駆けつけて来た刑事部捜査一課長、それに副署長に相当する理事官、ここの署の刑事課長と管理官の姿もある。下座には、県警本部から動員された十数名の捜査員たちと、所轄署の捜査員たち、それに鑑識班と予備班などの人員がずらりと座していた。

会議の冒頭、司会進行を司る係長の米良から指名されて、現場を調べた鑑識課員が立ち上がった。そして、犯人の特定に繋がりそうな遺留品や微物を捜索したものの、目ぼしい発見がなかった旨を報告した。さらに、警察犬による犯人の逃走経路の捜索について、途中で挫折したとの言葉がそれに続いた。また、被害者の死因は右側頭部を殴打された頭蓋骨陥没という、現場検視の結果報告も行われた。

現場周辺での目撃者探しの報告が、その後に《地取り》を行った捜査員たちから延々と続いた。しかし、逃走した男性について新たな目撃者は、いまのところ見つかっていなかった。凶器のワインボトルは、近くの民家の塀際に置かれていた回収用のプラスチックケースに入れられていた瓶類の一本であったことが判明した。翌朝が資源回収日となっていたために、近所の住民が夕刻にそのケースに、三本の空のワインボトルを入れたことを認めたという。

「次に、被害者の足取りを調べた班」

米良に指名されたのは、三宅と増岡の班だった。

「私たちは、携帯電話の通話履歴から、被害者である西岡卓也の当夜の動きを調べました――」

立ち上がった三宅が、緊張した面持ちで報告を続けてゆく。ほとんどの刑事が、横九センチ、縦十五センチの執務手帳にメモを取るようにしているものの、無精な彼は、いつものように煙草の袋を破った紙に書いたメモに目を落としている。その隣に、小柄な増岡が生真面目そうな顔つきで立っている。

「――西岡卓也は、昨日の夕刻午後五時半頃から、大学のサークル仲間三人とともに、船橋駅近くの居酒屋で飲食したとのことです。その店で確認したところ、アルバイトの店員の女性も、被害者たちのグループのことをはっきりと覚えていました」

「船橋あたりの安い飲み屋は、学生グループが多いはずだぞ。どうして覚えていたんだ」

雛壇の一課長が、いきなり口を挟んだ。

「かなり騒がしいグループだったとのことです。そのうえ、被害者と思われる男性が、その女性店員にしつこく《LINE》を教えて欲しいと迫ってきたので、記憶に残っていたんだそうです。彼らのサークルは冒険部とのことですが、実質は女子大生とのコンパが目的のサークルのようです――」

午後八時直前、西岡卓也はほかの三人と別れて、店を出て家路についた。ほかのメンバーの証言によれば、彼はもともと酒に強くなく、その晩もかなり酩酊（めいてい）して気分が悪くなったからだったという。彼が住んでいるワンルームマンションへは、現場となった路地を抜けると近道であることも判明していた。

そのとき、講堂内に慌ただしく駆け込んで来る靴音が響いた。

香山を含めて、すべての視線が一斉に入口に向けられる。

息を切らした二人の捜査員だった。

「たったいま、科捜研から連絡が入りました」

その一人が叫んだので、三宅が説明を中断した。

「何を連絡してきたんだ」

司会進行役の米良が言った。

「現場から押収された凶器と考えられるワインボトルですが、そこに残されていた血の付いた右手の親指と人差し指の二つの指紋が、データベースの前歴者のものと一致したそうです」

講堂内に捜査員たちのどよめきが広がった。

「誰だ、その前歴者とは」

捜査一課長が声を張り上げた。

「倉田忠彦、三十二歳。前歴は二年前に市川(いちかわ)市内で起こした傷害事件で、現在、保護観察付執行猶予者となっています。本籍地は、千葉県習志野(ならしの)市鷺沼台(さぎぬまだい)一丁目――となっております」

「現住所は?」

「千葉県館山市北条二三〇七――、民宿夕凪館です。科捜研のデータベースには、十指指紋と傷害事件の取り調べの際の顔写真も残されていました」

現在では《AFIS》と呼ばれる自動指紋識別システムによって、指紋の検索、異同の識別、犯歴の照会などがごく短時間に行えるのだ。

「ちょっと待て、被害者の西岡卓也の実家も、館山市北条だったじゃないか」

米良が驚きの声を張り上げた。

第二章　被害者と加害者の顔

一

増岡（ますおか）は三宅（みやけ）とともに、銀色の車体に上部と腰の部分に黄と青のラインが入った内房（うちぼう）線の車両から、館山（たてやま）駅のホームに降り立った。

蒸し暑い風が吹き渡る広いホームは、観光客と思（おぼ）しき男女で溢（あふ）れていた。カラフルなTシャツに短パンというなりの若い男女。軽装の高校生くらいのグループ。小学生くらいの子供を連れた夫婦者の姿も少なくない。ポケットが沢山付いたフィッシングジャケットを着込み、釣竿（つりざお）の入ったフィッシングバッグを背負い、クーラーボックスを手に下げた中年の釣り客たちの姿も目に付く。

「こういった場所は、カップルでレジャーに来るところで、仕事で来る場所じゃねえよ」

それらの人々に取り巻かれて、駅舎二階の改札を通り抜けながら、巨漢の三宅がうんざりとした口調で愚痴った。彼は半袖のワイシャツ姿で、ダークブルーの夏服の背広を腕に掛けている。改札の右隣には、《New Days》というコンビニが併設されており、左隣が駅員室となっていた。

増岡が何気なく改札の天井付近を見上げると、防犯カメラが二台も設置されていた。

「でも、船橋あたりのごみごみした街中を歩きまわっているよりも、気持ちがいいじゃないですか。それに、ほかの人たちから見たら、私たちだって、カップルに見えるかもしれませんよ」

白い半袖シャツに麻のサマージャケット、下はベージュのチノパンというなりの増岡は、三宅の後から改札を抜けながら、すかさず合の手を入れる。

途端に、目の前の三宅が振り返ると、鼻先で手を振った。

「ガリ勉でこだわり屋、そのうえ、けちん坊のおまえとカップルに見られるなんて、こっちは願い下げだな」

一瞬頬を膨らませて、増岡は言い返した。

「それは、お互い様ですからね」

通常、県警本部との合同になる特別捜査本部が設置された場合、県警本部から出向している捜査員と、所轄署の刑事がコンビを組むことになる。所轄署の捜査員は、何といっても地の利があるからだ。だが、増岡が新米なので、例外的に所轄署の二人が組んでいた。

彼らが館山を訪れたのは、被害者の西岡卓也(にしおかたくや)について、家庭環境や人となり、対人関係や利害関係、ほかの人間との悶着(もんちゃく)の有無など、いわゆる《鑑》を取るためだった。同時に、重要参考人として浮上した倉田忠彦(くらたただひこ)についての内偵も、その役目に含まれている。

倉田の内偵については、前夜のアリバイ、動機、小森好美(こもりよしみ)の目撃証言の裏取り、それに当然、西岡卓也との関係の有無なども確認しなければならない。昨晩、刑事課の主任の香山(こうやま)が母親の西岡千鶴子(ちづこ)から、殺害された西岡卓也についての人間関係を詳しく聞き取りしてあった。とりあえず、それらの人物たちから、さらに詳しく聞き込みをするつもりだった。

改札を抜けた大半の人々が、右手の西口側へぞろぞろと向かって行くものの、二人は改札の左手にある東口側へ足を向けた。館山駅の西側は広々としたロータリーとなっており、その先に、館山で最大の北条(ほうじょう)海水浴場があるのだ。だが、館山市の繁華街は、むしろ東口側に密集している。

東口側の階段の天井にも、防犯カメラが設置されていた。三宅とともに増岡がその東口側の広い階段を降りると、突き当たりにある食事や喫茶のできる店が目に留まった。駅弁の販売をしている旨の掲示も見える。その店舗の少し先に、コインロッカーが設置されていた。反対側にあるのは、旅行関係の案内所のようだ。東口駅前も大きな円形のロータリーとなっており、五、六台のタクシーが客待ちのために停車していた。

増岡は眩しさに眼を細めて、ロータリーを見回した。駅舎から見て、斜め左側に交番があるのが目に留まった。その右隣は、高速バスの待合室になっている。

「さてと、真夏の散歩と洒落込むとするか」

純白の入道雲の浮かぶ夏空を見上げて、うんざりした顔つきとなった三宅が、のっそりと駅舎から踏み出した。

増岡は、腕時計に目を向けた。午前九時半過ぎ。

陽射しの眩しさに目を瞬かせて、彼女も三宅の後に従った。

「西岡だったら、普通のやつでしたね」

高校時代、西岡卓也とクラスもサッカー部も一緒だったという豊田満が言った。

彼は細面で、一重の目も細く、唇も薄い。緑色の派手な植物柄のアロハに、紺色の短パンというなりで、足元は裸足である。

眩しいほどの陽射しのせいで、逆に薄暗く感じられる玄関内で、三宅と増岡は上がり框に立つ豊田満と対面していた。その顔が心なしか青ざめているのは、たったいま、三宅から西岡卓也の死を知らされたからだろう。事件のことは、地方紙の朝刊にも小さく報じられていたものの、今どきの大学生は、新聞などほとんど読まないのだろう。

「具体的には、どんな人柄だったんだ」

三宅がぞんざいな口調で訊いた。

「家が金持ちだからかもしれないけど、かなり偉そうにしていましたね。でも、勉強はよくできたから、頼めばノートを快く貸してくれましたよ」

かつての級友を思い浮かべるような顔つきで、豊田満が言った。

「短気だったとか、喧嘩っ早かったとか、そういうことはなかったのか」

三宅の質問の意図を、増岡は察した。昨晩、西岡卓也は酒に酔っていた。そして、自宅マンションへの帰路、揉め事に巻き込まれたらしい。その場合、悶着を引き起こしたのが、西岡自身の可能性もあり得る。

だが、豊田満は肩を竦めた。

「別に喧嘩っ早いというほどじゃなかったですね。けど――」

言葉を濁した豊田満に、三宅が言った。

「けど、何だよ」

「相当なお調子者でしたから、悪ふざけの度が過ぎて、ほかの友達と揉め事になったことは、けっこうありましたよ」

「悪ふざけ？　例えば、どんなことをしたんだ」

「小柄な同級生のズボンを、無理やり脱がそうとしたんですよ。それから、ほかのやつの携帯電話をこっそり使って、そいつの彼女にえげつない悪戯メールを送ったりしたこともありましたっけ」

　渋い顔つきになった三宅が、増岡を見た。

　音を立てずに息を吐きながら、増岡も首を振る。いかにもお調子者の高校生が仕出かしそうな、くだらない悪ふざけである。だが、少々たちが悪い。昨夜、西岡卓也たちが飲食した飲み屋で、彼がアルバイトの女性店員から執拗に《ＬＩＮＥ》を聞き出そうとしたというエピソードにも納得が行く気がした。

「だったら、誰かから恨まれていたとか、憎まれていたとか、そういう可能性は、どうだ？」

「さあ、そういった悪戯のことで腹を立てているやつだったら、何人かいるかもしれないけど、殺そうとするなんて、考えられませんよ」

「付き合っている女性はいたのか」

「さあ、どうかな。少なくとも、高校時代にはいなかったと思いますよ」

「どうして、そう思う」

「さあ、それはどうかしら」

増岡の即答に、三宅が首を傾げた。

「そりゃ、どういう意味だよ」

「だって、たとえ家が金持ちでも、同級生のズボンを脱がせようとしたり、他人の携帯で悪戯メールをその人の彼女に送ったりするのって、性格が悪くて卑怯な感じがするし、絶対にモテなかったと思いますよ」

その言葉に、三宅が肩を竦めて言った。

「まっ、どうでもいいや。次の聞き取り相手は、高校時代のアルバイト先のスーパーだったな」

「ええ、そうです。そこが済んだら、次に倉田忠彦について周辺の聞き込みをして、最後に、被害者の通っていた高校まで足を延ばす予定ですけど。——三宅さん、ついでに、もう一か所、聞き込みを掛けてみませんか」

「もう一か所？」

「清水道夫ですよ」

「稲毛に下宿しているだろうから、こっちには戻っていないかもしれないぞ」

「駄目もとですよ。刑事の仕事は、靴底を磨り減らしてナンボだって、三宅さん、いつも言っているじゃないですか」

言い返されて、三宅がうんざりという表情を浮かべた。

「やれやれ、こんな炎天下で靴底を磨り減らさなけりゃならないなんて、刑事の仕事がつくづく嫌になるぜ」

西岡卓也のアルバイト先だったというスーパーへ、二人は足を向けた。

二

同じ頃、香山は、船橋市内にある鈴木正三郎宅に向かっていた。

刺すような陽射しの下、県警本部から出向している相楽英雄警部補が、彼と肩を並べている。二人が鈴木正三郎宅を訪れようとしているのは、鈴木が倉田忠彦の保護司であることが判明したからだった。館山へ派遣された三宅や増岡を筆頭に、西岡の《鑑取り》と倉田の内偵には三つの組が着手しているが、香山と相楽も、保護司という観点からの倉田の人物像を探るつもりだった。

「相楽さんは、今度の事件をどう見ますか」

足早に歩きながら、香山は相楽に水を向けた。

「一見して、酔っ払い同士が弾みで起こした事件と思いたくなるが、判断を下すには、まだまだ材料不足だな」

相楽が慎重な口ぶりで言った。彼は警部補だから、巡査部長の香山よりも階級が一つ上である。年齢も、五つくらい上かもしれない。背丈はほぼ同じだが、小太りの体形で丸顔、七三分けの刈り込んだ髪型に、銀縁の眼鏡を掛けている。

長めの髪型に、夏場はたいていラフな開襟シャツ姿の香山が、警察官というより、自由業と勘違いされがちなのに対して、この季節にもかかわらず、相楽は平然とダークスーツを着込んでいた。黙っていると、お堅い役人か、銀行マンのように見える。もっとも、歩きながら、右手に持っている白檀の扇子で、しきりと自分を煽いでいる。二人は、以前にも管内で起きた強盗殺人事件で捜査を共にしたことがあったので、互いに気心は知れていた。

「昨日の晩、西岡卓也はかなり酩酊していたようです。そして、現場となった路地を通りかかったとき、誰かと出会った。男か？　女か？　あるいはカップルかもしれません」

香山の言葉に、相楽が歩きながらうなずく。

「ああ、その点は動かしがたいな」

「だったら、《おい、待て》と声を掛けたのは、誰だと思いますか」

つかの間、相楽が考えをまとめるように黙り込んだ。だが、すぐに言った。

「被害者の西岡卓也だとしたら、酔っていて気が大きくなり、つい声を掛けたという想定が成り立つ。だが、逃げた男の方だったという可能性もあるし、いまのところ決め手はないな」

「しかし、女性の《あの晩の》という叫び声に対して、その人物は《何だと》と驚いたように怒鳴っているじゃないですか。だとしたら、西岡卓也と、もう一人の男、もしくは女性は、以前にも、どこかで顔を合せていたことになります。その以前の出来事がきっかけとなり、事件が起きたという筋読みは、どうですかね」

相楽が顔を向けてうなずく。額が汗で光っている。

「ああ、行けそうな筋読みだと思う。おたくは、いつどこで顔を合せたと考えているんだ」

「《あの晩の》という言葉から、以前のやはり夜分という推定が成り立つでしょう。しかも、そこから揉め事が始まっているという可能性を勘案すれば、以前のその出来事も、今回の現場で揉めた人間たちにとって、面白くない事態だったと考えていいのではないでしょうか」

「なるほど」

扇子で忙しなく煽ぎながら、相楽が再びうなずいた。

鈴木正三郎の家は、櫟の垣根に囲まれた木造の古い二階家だった。色褪せした木製格子の嵌まった引き戸の玄関のそばに、丹精された木賊が生えている。

香山は、玄関横の白い漆喰壁に取り付けられていた呼び鈴のボタンを押した。

「どちら様でしょうか」

すぐに玄関戸越しに、しゃがれ気味の男の声が響いた。

「警察の者です。船橋署から参りました。鈴木正三郎さんはご在宅でしょうか」

香山は言った。

すると、錠を外す音がして、格子戸がガラガラと音を立てて開いた。

「私が、鈴木ですが」

老人が顔を出した。細長い顔で、頬がこけたように痩せており、二重の眼が大きく、見事な白髪をオールバック風に撫でつけている。七十過ぎくらいのように見えるが、背筋の伸びた矍鑠とした感じの人物だった。薄藍色の綿シャツに、下は濃い茶色のズボンという恰好で、素足にサンダル履きである。

「船橋署の香山と申します」

香山は、警察手帳の身分証明書を示して言った。

「県警本部の相楽です」

隣で、相楽も同じことをした。

「警察が、私にどんなご用ですか」

いささか面食らったような顔つきで、鈴木正三郎が言った。

「昨晩、船橋市内で殺人事件が発生しました。そのことで、少々お訊きしたいことがありまして、不躾を承知でお訪ねしました」

香山の言葉に、今度は戸惑うような顔つきに変わったものの、鈴木正三郎は不承不承という感じで言った。

「まあ、そういうことなら、立ち話というわけにもいかんでしょう。家にお上がりください」


「倉田が、そんなことを仕出かしたんですか」

昨晩、船橋市内で発生した殺人事件の重要参考人として、倉田忠彦を内偵しているという香山の説明に、鈴木正三郎は驚きを隠さなかった。

狭い庭に面した六畳間で、三人は座卓を挟んで対座していた。軒に吊るされたガラス製の江戸風鈴の短冊が揺れて、涼やかな音を立てている。庭の芝生の奥に、花の終わったアジサイが大きな葉を茂らせていた。隣の部屋に仏壇でもあるのか、かすかに線香の匂いが漂っている。

香山と相楽の前の座卓に、茶托に載った湯飲み茶碗が置かれており、鈴木正三郎の前には、黒い筒茶碗が置かれていた。いましがた、鈴木正三郎の妻が出してくれたものである。

香山は、相楽と顔を見合せた。相楽が目顔でうなずく。聞き取り役は、そちらに任せるという顔つきだった。

香山はかすかにうなずき、鈴木正三郎に顔を向けた。

「どうか、早合点をなさらないでください。倉田の犯行と断定されたわけではありませんから」

「しかし、何を根拠にして、倉田の犯行だと疑っておられるのですか」

鈴木正三郎の言葉に、香山はかぶりを振った。

「捜査に支障を来たす恐れがありますので、詳しい事情は申し上げられません」

凶器と断定されたワインボトルに残されていた右手の親指と人差し指の指紋の存在は、部外秘である。

鈴木正三郎が低く不満げに唸（うな）ったものの、続けた。

「それで、私に何を訊きたいとおっしゃるんですか」

「倉田忠彦とは、有体に言って、どういう人物でしょうか。保護司としてのお立場から、率直な感想をお聞きしたいのですが」

厳しい表情を浮かべて、鈴木正三郎が言った。

「善良な人間ですよ」

「善良な人間？　どうして、そう思われるんですか」

「お会いになれば、すぐに納得がいくでしょう。まだ三十そこそこですが、とても物堅い生真面目な男です。湯島の方にある一流料亭で《追い回し》からいまの仕事を始めたと聞きましたが、その板前の修業で、上の者から厳しく仕込まれたのでしょう。一メートル八十センチと大きな体をしているのに、腰が低く礼儀正しいし、人を押し退けるような気質もありません。保護司として、倉田と面談するようになって、傷害事件を起こしたことが、まったく信じられない気持ちでした。だからこそ、一年前、仕事にあぶれてひどく困っていたあの男のために、知り合いの友部喜久治さんに頼み込んで、協力雇用主になってもらったんです」

なるほど、と香山はうなずく。《追い回し》とは板前の下積み修業のことで、厨房の掃除や鍋や調理道具、それに料理を盛る器などの洗い物をする役目にほかならない。協力雇用主とは、定職に就くことのできない保護観察付執行猶予者を、事情を理解したうえで、一般人と同じ条件で雇用し、更生に協力する人間のことである。

「しかし、そうおっしゃっても、倉田忠彦は傷害事件を起こし、裁判で有罪になったのでしょう」

「ええ、その点は疑いありません。それに善良だとはいえ、倉田が感情の起伏の激しい一面を持っていることも事実です。たぶん、一時の激情にかられて、思わず相手に怪我を負わせてしまったのでしょう」

「傷害事件の詳しい内容をご存じですか」

鈴木正三郎が深々とうなずく。

「保護司ですから、もちろん知っています。事件を起こしたのは二年ほど前でした。その頃、倉田は市川市内の《角谷》という名の知られた料亭で働いていました。あの男はとびきり腕のいい板前ですからね。ところが、そこの主人と諍いを起こした挙句に、包丁で相手に怪我を負わせてしまったんです」

すると、それまで黙然と扇子を開いたり閉じたりしていた相楽が、身を乗り出して言った。

「しかし、男同士の喧嘩だったら、被害者の方も、倉田忠彦に手を出したんじゃありませんか」

鈴木正三郎が相楽に顔を向けた。

「いいえ、一方的な暴力だったようです。倉田自身も裁判で、そのことをはっきりと認めています」

そうですか、と相楽がうなずき、さりげない様子で続けた。

「ときに、倉田忠彦とは、どんな境遇の人物ですか。生まれや育った環境という意味ですけど」

「生まれは、勝浦と聞いています。ただし、小学生の頃に、両親を交通事故で亡くしたそうです。それに、妹が一人いると話していたことを覚えています」

「小学生の頃に交通事故で両親を亡くした？　だったら、いったい誰に育てられたんですか」

「習志野市に住んでいた遠縁の夫婦と聞きました。あの男の本籍も、いまはそこになっているはずです」

「その夫婦の名前は？」

「井上という苗字だったことは記憶していますが、あいにくと、名前までは覚えていません。――歳が行くと、ともかく物覚えが悪くなる。まったく困ったもんですよ」

「学歴は？」

「習志野市の公立中学を卒業した後、高校へは進まずに、板前の修業に入ったと聞きました」

「中卒とは、今どき珍しいですね。親戚に迷惑を掛けると思ったのでしょうか。それとも、勉強が嫌いだったとか」

「引き取ってくれた親戚をどう思っていたかは、私も知りません。しかし、勉強嫌いではないと思いますよ。頭の回転だって速いし、字を書かせれば、立派な筆跡ですしね。何よりも、読書家ですから」

「読書家？」

「ええ、本を読むのが、唯一の趣味だと話していました。休みの日は、本を読んで過ごすのが楽しいと話していました」

「どんなものを読むのでしょうか」

興味を引かれたという口調で、相楽が言った。

香山も鈴木正三郎の答えを待った。読む本の種類によって、その人物の人となりが少しは分かるものだ。

だが、鈴木正三郎が即座にかぶりを振る。

「何を読んでいるのか訊いても、恥じ入ったような顔つきを見せるだけで、何も答えようとしません。――私が、倉田のことを物堅いと言ったのは、そういうところですよ。自分自身のことを、決してひけらかそうとしない。いまどき、あそこまで謙虚な人間なんて、めったにいるものじゃない。どいつもこいつも、自分が、自分がって、そんなやつらばかりじゃないですか。まったく、世も末だ」

年寄りにありがちな、義憤に満ちた物言いだった。

相楽が黙り込んだので、香山は再び口を開いた。

「倉田に、親しい友人はいますか」

「いいえ、一人もいないと話していました」

「だったら、付き合っている女性は」

鈴木正三郎が厳しい顔つきのまま、かぶりを振った。

その様子に、相楽が香山に、信じがたいという表情を向けた。

すると、鈴木正三郎が続けた。

「口にこそ出しませんが、あの男は人との深い付き合いを避けているらしいのです」

「どうしてですか」

香山は言った。

「さあ、理由は分かりません。もしかしたら、過去に、何かあったのかもしれませんな」

香山は考え込んだものの、すぐに続けた。

「ちなみに、最近、倉田と面談なさったのは、いつですか」

保護司は、《保護司法》で規定された無給の非常勤国家公務員という位置付けになっており、月に二回程度、保護観察付執行猶予者と面談して、その間の生活ぶりを聞き取り、それを報告書に認めて、法務省所管の地方支分部局に置かれた保護観察所の保護観察官に提出する義務を負っている。

鈴木正三郎がふいに黙り込んだ。その視線が、落ち着きなく揺れている。やがて、意を決したように香山たちに目を向けた。

「昨日の晩です」

つかの間、二人とも黙り込んだ。

が、すぐに相楽が口を開いた。

「どこでお会いになったんですか」

「ここで会いました」

「そのとき、どんな様子でしたか。普段と変わった言動や、何か悩んでいるような様子をお感じになりませんでしたか」

鈴木正三郎は険しい顔つきでじっと考え込んだものの、やがて痩せた顔を上げた。

「そういえば、ひと月前に面談したときは、さばさばした顔つきだったので、ようやく仕事に慣れて落ち着いてくれたようだと安心したものでした。ところが、昨晩はいささか違っていました」

「いささか違っていた？」

「ええ、元々口数の少ない男なのですが、いつにも増して寡黙で、何やら、ひどく気に掛かることを抱えているような気がしたものです」

一瞬、香山は相楽に目を向けたものの、すぐに鈴木正三郎に言った。

「倉田は、どんな髪型をしていますか」

「板前ですから、髪はごく短く刈り込んでいます」

「ベージュのスラックスに、ポロシャツでした」

「ポロシャツの色は？」

「黒です」

「昨日の服装は？」

「面談された時刻は？」

「午後六時から二時間ほどです」

「だったら、倉田がこの家を辞したのは、午後八時過ぎということですね」

顔つきを変えぬまま、鈴木正三郎がはっきりとうなずく。

この家から船橋駅まで行く道筋の一つに、西岡卓也が殺害された現場の路地があるのだ。

午後八時過ぎにここを出て、その路地を倉田が通りかかったとしたら、距離からして、午後八時半前後ではないだろうか。

まさに、西岡卓也撲殺事件が起きた頃である。

鈴木正三郎の家を辞して、十メートルほど歩いたところで、相楽がふいに足を止めた。足元のアスファルトに濃い影が落ちている。

「香山さん、さっきのおたくの筋読みだが、ひょっとすると、あれは的を射ているかもしれんぞ。事件直前に、倉田忠彦が何やら腹に抱え込んでいたとすれば、西岡卓也の殺害は、突発的に起きた事件ではない可能性もある」

相楽が、獲物の匂いを嗅ぎつけた猟犬のような目つきになっていた。彼は昇任試験だけで警部補まで昇ってきたのではなく、事件捜査で数多くの功績を挙げてきた刑事だということを、香山は知っていた。

「これから、どうしますか」

「倉田忠彦の人となりを知るためにも、やつの起こした傷害事件についても調べてみようじゃないか」

「ええ、賛成ですね」

香山はうなずいた。

三

清水道夫の自宅はすぐに分かった。

御影石造りの高い塀に囲まれており、家そのものは煉瓦造りの三階建てである。道路に面した八メートルくらいの横長のガレージのシャッターからして、外国製の大型車でも三台くらいは楽に格納できそうだった。

「代議士って稼業は、よっぽど儲かるんだな」

住宅展示場でしかお目にかからないような豪壮な建物に目を向けて、額の汗を拭きながら三宅がぼやいた。

「元々の地元の有力者やお金持ちが立候補して、代議士になっているケースも少なくないらしいですよ」

増岡は合の手を入れる。

「ともかく、清水道夫がいるかどうか、声を掛けてみようや」

二人は門を潜り、広々とした敷地内に足を踏み入れた。

案に相違して、清水道夫は在宅していた。三宅が玄関で掛けた訪いの声に、顔を出したお手伝いさんらしき中年女性が、「坊ちゃんなら、いらっしゃいますけど」とあっさり認めたので、呼んでもらったところ、ゆうに六畳間ほどもある広い玄関に、清水道夫がほどなく顔を見せたのである。

「僕に訊きたいことって、何ですか」

清水道夫は、端整な顔立ちをしていた。瓜実顔で二重、鼻筋が通り、形のいい唇、サラサラの髪を六四に分けており、中肉中背の体つきである。海水浴場が近い土地柄のせいか、西岡卓也と同様に、こんがりと日焼けしている。赤いTシャツに、七分丈のデニムのスキニーパンツというなりで、剝き出しの脚に、脛毛一本なく、足元は裸足だった。身長は、一メートル七十センチくらいだろう。

警察官が訪ねて来たというのに、彼はいささかも緊張する様子もなく、落ち着き払っていた。裕福な家に育ち、名の通った大学に通うほど優秀だという自信から滲み出てくる態度かもしれない。

「昨晩、船橋市内で西岡卓也さんが、お亡くなりになりました」

相手の顔を見つめたまま、増岡は口を開いた。

「えっ、卓也が――」

顔つきを一変させて、目を大きく見開いた清水道夫が、友人の名を口にしたまま絶句した。

「ご存じなかったんですね」

「ええ、知りませんでした」

呆然とした顔つきとなり、俯き加減にうなずいたものの、清水道夫はすぐに顔を上げた。

「事故に遭ったんですか、それとも、あいつ、殺されたんですか」

育ちの良さそうな顔に、険しい表情を浮かべている。

「撲殺された模様です」

「撲殺――」

再び言葉を失い、清水道夫が黙り込んだ。俯いたまま、何かを探すみたいに、視線を左右に這わせている。

増岡は続けた。

「私ども、その一件について捜査しています。――清水さん、西岡さんが殺害されたことについて、何かお心当たりはありませんか」

清水道夫が顔を上げた。今度は、戸惑うような表情を浮かべている。

「あいつが殺される心当たりなんて、まったくありませんよ」

「人の恨みを買っていたとか、揉め事になっていたとか、学生だったら、そういったことくらい、あったんじゃないのか」

横から、三宅が口を挟んだ。

「そんなことあるわけないでしょう。卓也はいいやつだったから」

「しかし、あちこちで聞いたが、西岡卓也はかなりのお調子者で、羽目を外して、人の不興を買うことも少なくなかったらしいじゃないか」

その言葉に、清水道夫が鼻白んだように黙り込んだものの、思い直したように言った。

「僕らくらいの年頃なら、その程度は当たり前ですよ。そんなことくらいで、人を殺そうとするやつの方が、よほど異常じゃないですか」

「西岡卓也には、付き合っていた女性はいなかったのか」

相手の言葉にまったく取り合わずに、三宅がさらに質問した。

その意図を、増岡は察した。男女間の三角関係も、十分に凶行の引き金になり得るのだ。

「さあ、どうかな。一人や二人くらいガールフレンドがいたと思うけど、詳しくは知りません。でも、殴り殺されるような危ない状況に嵌まり込むほど、あいつは馬鹿じゃありませんよ」

「だったら、金銭関係で誰かと揉めていたことはなかったのか」

清水道夫が大袈裟に肩を竦める。

「卓也の親父は、でっかい水産会社の社長ですよ。金に困るなんてこと、あるわけないでしょう」

「西岡卓也と最近会ったのは、いつだ」

三宅のその言葉に、清水道夫の言葉が初めて止まり、つかの間、躊躇うような顔つきになったものの、やがて口を開いた。

「すぐには思い出せません。半年か、十か月くらい前だったかもしれないな――」

「その間、電話などで連絡を取ったことはないのか」

「ありませんね」

「つかぬことを訊くけど、昨日は、どこにいたんだ」

三宅の言葉に、たったいま耳にした友達の死を忘れたかのように、清水道夫は反り返って笑い始めた。ホワイトニングしているのではと疑いたくなるほど、真っ白な歯並びを見せている。ひとしきり哄笑すると、彼は言った。

「こいつは傑作だな。僕のアリバイ調べってわけですか」

「いいや、関係者には、例外なく訊く質問だよ」

ムッとしたように、三宅が言い返す。

「昨日は、北条海水浴場で友人たち二人とずっと遊んでいましたよ」

「何時頃まで？」

「午後七時くらいまでだったかな。もしも、お疑いなら、名前と住所を教えますから、その足で友人たちに訊いてみるといいですよ。——いいや、それよりも、昨日、東京から遊びに来たっていう三人の茶髪の女の子たちをナンパして、連絡先を聞いてあるから、彼女たちから確認を取った方が確実でしょう。海水浴場近くのリゾートマンションに滞在しているって話していましたから。僕の友人だと、アリバイを偽証していると疑われかねませんからね」

余裕綽々の態度と、こちらを睥睨するような顔つきで、清水道夫が言った。

その後、質問を繰り返したものの、それ以上の実のある証言は得られず、増岡と三宅は清水邸を辞した。

棟門を出たところで、増岡は思わず足を止めると、棟門の奥の豪壮な屋敷を振り返った。

「どうしたんだよ」

同じように足を止めた三宅が、怪訝な口調で言った。

「三宅さんは、どう思いますか、清水道夫のこと」

増岡は言った。

「別に何とも」

口ではそう言ったものの、三宅はそれと分かるほど苦々しい顔つきをしており、さらに続けた。

「おまえは、何か引っかかったのか」

「私が、西岡卓也が死亡したって言ったとき、あの人、こう言ったじゃないですか。《事故に遭ったんですか、それとも、あいつ、殺されたんですか》って」

「それが、どうかしたのか」

「何だか、妙な言い方だと思いませんか。親しい友人が死亡したと聞いて、事故とか、病気を連想するならともかく、殺されたなんて、普通考えるかしら」

「考え過ぎと違うか。警察官が訪ねて来たから、そんなふうに連想したという可能性もあるぞ」

「そうかしら」

増岡は首を傾げたものの、三宅は構わぬように歩き始めた。

三宅と増岡は、館山港近くにある鮮魚の仲卸業者の店に足を踏み入れた。

「いらっしゃい」

半袖の黒いTシャツにジーンズ、それに黒いゴム製の前掛けとゴム長靴を履いた中年男が、威勢のいい声を掛けてきた。髪を短く刈り込んだ赤ら顔で、見事な太鼓腹をしており、頭に鉢巻代わりに白い手拭いを巻いている。

店の中の広い台の上に、隙間なく四角い発泡スチロールの箱が並べられており、大きな氷が幾つも浮いた冷水に、生きの良さそうな様々な魚や海老(えび)、栄螺(さざえ)、二枚貝、蛸(たこ)などが浸(つ)けられている。コンクリート敷きの床に、惜しげもなく冷水が流れている。

「こちらが、民宿の夕凪(ゆうなぎ)館に鮮魚を卸していると伺ったんですけど、間違いありませんかね」

前置きを抜きにして、三宅が言った。

中年男が怪訝な表情を浮かべた。いまの質問と、半袖のワイシャツにネクタイ、腕に掛けたスーツという三宅の恰好から、客ではないと察したのかもしれない。

「おたくたちは、いったい何ですか？」

　中年男が言った。

「船橋署の三宅と言います」

　三宅が警察手帳の身分証明書を示す。

「同じく、増岡です」

　増岡もそれに倣った。

　中年男が、今度は身構えるような表情を浮かべた。警察官に訪ねて来られれば、一般人が緊張するのは無理もないかもしれない。

「いまの質問ですけど、どうですかね」

　三宅が返答を促した。

「確かに、友部さんのところ――夕凪館には、うちが一手に魚を卸していますけど。それがどうかしたんですか」

「実は私ども、ある事件のことで、あそこで働いている人について内々に調べているんですよ」

「夕凪館で働いている人？」

「倉田忠彦さんです」

中年男がふいに黙り込んだ。増岡たちを睨むような顔つきになっていた。

「倉田さんが、どうしたって言うんだよ」

「どんな方ですかね」

「いい人だよ。──倉田さんが、何かしたって言うのかい」

憤然とした口調だった。

「誤解なさらないでください。私たちは、倉田さんと関わりのあった人について調べているだけですから」

取ってつけたように、三宅が言い添えた。

その言葉に、中年男が安堵したような顔つきになったのを目にして、増岡はさりげなく言った。

「あなたは、倉田さんと親しくされていらっしゃるんですか」

「ああ、そうだよ。配達に行ったときには、いつだって馬鹿話をする間柄だからな」

「いま、いい人だとおっしゃいましたけど、他人と揉め事になったり、いざこざを抱えていたりということはありませんか」

「倉田さんに限って、そんなことあるわけがない──」

と言いかけて、中年男が店の入口に目を向けた。

「──あっ、石川さん、あんたのところの倉田さんのことを訊きにみえた方々が、ここにいるよ」

　三宅と増岡は振り返った。

　店の入口際に中年女性が立っていた。ピンクのTシャツに白いチノパン姿で、布製のトートバッグを下げている。

「どちらさん？」

　石川と呼ばれた中年女性が、三宅と増岡に怪訝な顔を向けて、中年男に言った。

「警察の方々だよ」

「えっ」

　中年女性が、大袈裟と思えるほどの驚きの表情を浮かべた。

　三宅が慌てた様子で、中年男性に訊いた。

「この方は？」

「夕凪館の従業員の石川節子（せつこ）さんだよ」

　三宅が増岡に顔を向けた。やばい、という表情になっていた。夕凪館の関係者に当たるのは、倉田忠彦について十分に内偵してからというのが、捜査本部の方針なのだ。しかし、ここで鉢合せしてしまった以上、もう後戻りはできない。

「三宅さん、この方からも伺いましょうよ」

　増岡の言葉に、三宅が渋い顔でうなずく。

「やむを得ないな。——石川節子さん、でしたよね」

三宅が石川節子に顔を向けた。

「ええ、そうですけど」

「実は、いまもこちらの方に伺っていたんですが、倉田忠彦さんについて、ちょっと教えていただきたいんですけど」

「倉田さんのことですか——」

石川節子が怯えたような表情を浮かべた。


「倉田さんだったら、いい人ですよ」

ほかの人々とまったく同じ言葉を、石川節子も口にした。髪型はボブにしており、丸顔で目も鼻も小作りで、人の良さそうな顔立ちをしている。歳は四十代半ばくらいか。背丈は、増岡と同じように小柄だった。

「しかし、欠点の一つや二つくらいあるでしょう」

三宅が食い下がった。

「そりゃまあ、少し感情的になることがあるし、無口過ぎるのが欠点と言えば、そうかもしれません。でも、ほかには問題なんて、何一つ見当たらない人ですよ」

言いながらも、どこか落ち着かない様子で、石川節子は三宅と増岡の顔を交互に盗み見る。

うーん、と三宅が唸り、首筋の汗をくしゃくしゃのハンカチで拭った。

質問役の交代のサインだ。

増岡は身を乗り出した。

「倉田さんが、誰かと揉め事になっていたとか、そういうことはありませんでしたか。例えば、金銭の貸し借りとかに絡んで」

「いいえ、そんなことはなかったと思いますけど」

「ギャンブルにお金を使うとか、そういうことはありませんか」

増岡が思いついたのは、借金に追い詰められていた倉田が、ひょんなことから金持ちの大学生と悶着となり、つい魔が差して懐を狙ったという想定だった。

だが、石川節子はかぶりを振った。

「倉田さんはとっても物堅い人なんですよ。私が誘っても、年末ジャンボ宝くじすら買いませんから。ギャンブルなんて、絶対にしませんよ」

「ご家族はいらっしゃるんですか」

「いいえ、結婚していないし、親兄弟の話を口にしたこともありません」

「親しい友人とか、お付き合いしている女性はいますか」

石川節子が肩を竦めた。

「さあ、どうかしら。聞いたことはないですね。だいいち、あの人、休みの日は、いつだって、自分の部屋に引き籠こもっていて、月に一、二度出掛けるだけで、めったに外出しませんから」

「倉田さんは、お酒を飲みますか」

生真面目で物堅い人柄、それにギャンブルもしないし、めったに外出もしない。そんな潤いのない暮らしを、平気で送れる人間がいるのだろうか。そんな気持ちで、増岡は質問を口にした。

「そりゃ、板前ですから、お酒くらい飲みます」

石川節子が初めて躊躇うような顔つきを見せた。

「どのくらい飲むんですか?」

「かなりいける口だと思いますよ。いつも仕事が終わった後、厨房の隅で、日本酒を冷やのまま一人で黙って飲んでいますから——」

そこまで言うと、石川節子がいきなり顔つきを変えて言い添えた。

「——でも、そのくらいの楽しみがあったって、いいじゃないですか。厨房のお酒じゃなくて、自分で買ってきたお酒ですよ。仕事を済ませて、倉田さんが飲むのは自由でしょう。酔って乱れることも、一切ありませんし」

そうそう、とそれまで黙っていた仲卸の中年男が相槌あいづちを打った。

「さっき、月に一、二度出掛けるとおっしゃいましたけど、どこへ行っているんですか」

最後の頼みの綱のような気持ちで、増岡は訊いた。

「さあ、詳しくは知りませんけど、船橋の知り合いに会いに行くんだと聞いていますけど」

その言葉に、増岡は音を立てずにため息を吐いた。月に一、二度、倉田が会いに行く相手は、たぶん、保護司の鈴木正三郎だろう。そう思うと、彼女は、倉田忠彦が胸の裡(うち)に何か冷え冷えとしたものを抱え込んでいるような気がしてならなかった。

黙り込んだ増岡に代わるようにして、三宅が再び口を開いた。

「倉田さん、昨日は？」

「昨日ですか。倉田さんだったら、午後遅くから外出しましたよ」

「どちらへ？」

「それがいま言った、船橋の知り合いのところだと思います。詳しいことは、女将(おかみ)さんが知っているんじゃないですか。女将さんに何も言わずに、倉田さんが出掛けるなんてこと、絶対にありませんから。それに、お客さんに出す夕食の料理のこともあるから、いつもより早目に仕込まなけりゃなりませんし」

「なるほど。で、戻ってきたのは、何時頃でしたか」

石川節子が黙り込み、不審そうな表情を浮かべた。

「倉田さん、何か仕出かしちゃったんですか」

「いいや、私たちの関心は、倉田さんの知り合いのことでしてね。でも、その人のことを調べるためにも、倉田さんについて、ある程度の聞き取りをする必要があるんですよ」

さっき仲卸の中年男に言った方便を、三宅がまたしても繰り返した。

「それって、本当ですか――」

不審の念が拭えないという顔つきのままだったものの、石川節子は続けた。

「倉田さんが宿に戻ったのは、午後十一時を回った頃でしたけど。私が遅番で、厨房で後片付けをしていたら、帰って来たんです」

「そのとき、変わった様子はありませんでしたかね」

つかの間、石川節子は考え込んだものの、すぐに言った。

「そういえば、私が声を掛けても、倉田さん、うわの空で、やけに険しい顔つきをしていましたっけ」

「ちなみに、倉田さんの昨晩の服装は？」

「黒っぽいポロシャツにベージュのスラックスでしたけど」

三宅は無言のまま、増岡と目を見交わした。

これで決まりだな――

熊顔が、そう語っていた。

四

市川警察署の庶務課の部屋で、香山と相楽は倉田忠彦が引き起こした傷害事件の捜査記録に目を通していた。

鈴木正三郎の自宅を辞した後、総武線に乗って市川市まで来たのである。市川警察署は、市川駅よりも本八幡駅からの方が近く、京葉道路の京葉市川インターチェンジに近い場所にある。

携帯電話で係長の米良に連絡を入れて、船橋署から市川署に正式に捜査協力の申し入れをしてもらったので、手続きはいたってスムーズだった。

倉田が引き起こしたという事件の概要は、鈴木正三郎の話していた通りだった。二年前の五月十二日に、市内の料亭《角谷》で事件は起きた。同日の午後十一時過ぎに、主人の瀬島五郎が寝室の八畳間で倉田忠彦に包丁で刺されたというのである。凶器の包丁は、店の厨房で使われていたもので、倉田が刺した箇所は、瀬島五郎の太腿の付け根に近い左下腹部だった。傷はその一か所だけで、かすり傷程度の軽傷だった。だが、五郎の妻の恒子が、京都旅行の途中で体調不良となり、たまたま帰宅して現場に来合せて仰天し、すぐに警察を呼んだのだった。そして、十分ほど後に駆けつけた四名の制服警官たちによって、倉田忠彦は現行犯逮捕されたという。

事件発生時、現場に居合せたのは瀬島五郎と倉田忠彦、それに仲居の上条麗子だった。事件に至る経緯は、当日、仕事を終えた後の息抜きとして、現場となった寝室で瀬島と倉田が酒を飲んでいたとき、酔いが昂じた両者が、些細なことから口論となり、やがて激昂した倉田が厨房からイワシを捌くために用いる出刃包丁を持ち出して、瀬島を刺したというものだった。

この経緯は、倉田自身をはじめ、瀬島五郎も上条麗子も裁判で認めていた。半年後に裁判は結審して、倉田は懲役一年、保護観察付執行猶予三年という判決を受けたのである。

香山は捜査記録から顔を上げた。

その気配を察したのか、相楽も顔を向けた。

「どう思いますか」

「典型的な傷害事件だな」

「同感です。ただし、喧嘩の経緯全体がやや曖昧な気がしませんか」

口論に発展したという些細なことが、具体的にどのような内容だったのか。倉田は厨房から出刃包丁を持ち出したというが、それが口論となった時点なのか、それとも、揉み合いとなってからなのか。だいいち、仕事終わりの息抜きとはいえ、料亭の主人と板前が寝室で酒を飲むということ自体、いささか不自然な気がしてならない。

香山の意図を察したのか、相楽がうなずいた。

「確かに、傷害事件の捜査記録にしては、詰めの甘い内容と言わざるを得んな。それに、倉田と瀬島五郎について、日頃からの関係についての言及もない点も、首を傾げたくなるな」

鋭い目つきの相楽の抑え気味の言葉に、香山はうなずくと、近くのデスクで仕事をしている警官に声を掛けた。

「済みませんが、この傷害事件を担当されたどなたかから、お話をお聞きしたいんですが」

警官が顔を向けた。

「承知しました」

五

三宅と増岡は仲卸の店を後にした。

むろん、仲卸の中年男と石川節子には厳重に口止めをしておいた。これから西岡卓也が通っていたという高校へ赴いて、元担任から話を聞くつもりだった。教師という立場は、親や兄弟、友達、周囲の人間などとはまた違った視点で、自分が接する学生の内面や行動を見ているはずなのだ。むろん、彼の通っていた大学へも、別の捜査員たちが聞き取りに回っている。

「さっきのことは、捜査会議では絶対に内緒だぞ」

歩きながら、三宅が渋い顔つきでポツリと言った。

「いまの店で、石川節子さんと鉢合せしてしまったということですか」

増岡は言い返した。

「ああ。そんなことを報告してみろ、係長から大目玉を喰らうに決まっている」

「三宅さん、それはまずいですよ。正直に報告しないで、後になってばれたら、余計に叱責されることになります」

「いいや、俺たちが黙っていれば、絶対に分かりっこないさ」

「駄目ですよ。子供みたいなことを言わないでください」

「まったく頭の固いやつだな。嘘も方便という言葉を知らないのか」

港近くの歩道を、二人は言い合いをしながら歩く。すれ違う観光客と思しき若者たちが、怪訝な顔つきで見て通り過ぎる。

「それにしても、倉田って男は、ずいぶんと変わった野郎だな」

議論を打ち切るように、三宅がいきなり話題を変えた。しかも、《ずいぶんと変わった野郎だな》と漏らした口調が、いつもの皮肉屋のそれとは違っていて、どこか同情の響きが籠っているように増岡には感じられた。

「ええ、確かに」

彼女も仕方なく同意すると、続けた。

「過去に傷害事件を起こしてしまったせいで、臆病になっているんでしょう」

「臆病になっている？」

「ええ、ギャンブルもしない、人付き合いもしない、それにほとんど外出もしないで、仕事の後、一人で黙って冷や酒を飲むだけの暮らしなんて、どう考えても、普通じゃありませんもの。そんな生活にじっと堪えているのは、保護観察付執行猶予者だからに決まっていますよ」

「つまり、もう一度、何か悪さを仕出かしたら、執行猶予が取り消されるから、それを怖れて、身を竦めるようにして暮らしていたと、おまえはそう言いたいわけか」

「それ以外に、何があるっていうんですか」

増岡の言葉に、三宅が首を傾げた。

「だったら、どうして西岡卓也と揉め事を起こしたりしたんだ。しかも、今度は殺人だぞ。捕まって裁判に懸けられれば、執行猶予の取り消しどころか、長期の刑期が待っている」

「そこなんですよ、今日聞き込みをしていて、私がずっと疑問に感じていたのは」

「何が言いたい」

「目撃証言と凶器に残されていた指紋から考えて、倉田が最有力の容疑者であることは間違いないでしょう。それなのに、彼の《鑑》は、そんな事件を起こすはずがないと告げている。そんなふうに思いませんか」

うーん、と三宅が唸り、やがて口を開いた。

「おまえの頭も、少しは刑事らしく回るようになってきたみたいだな。――しかし、俺の意見は少し違うぞ」

そう言った三宅が、いつになく生真面目な顔つきになっていることに、増岡は気が付いた。

「どんな意見ですか」

「仕事の後に一人で冷や酒を飲むこと以外、人生の楽しみや喜びを一切追い求めることなく生きるなんてことは、誰がどう考えたって、並みの人間にできることじゃない。人ってやつは、それくらいひ弱な生き物だからな。ところが、そのできないはずのことを、倉田はやってのけてきたんだ。しかも、ひどく物堅い生き方まで通してきたんだぜ。その動機が、執行猶予を取り消されることを怖れたからなんて、そんなショボいもののわけがないだろう」

「だったら、三宅さんは、倉田はどんな理由があって西岡を殺したと思うんですか」

間髪容れぬ増岡の質問に、三宅が口をへの字にして肩を竦める。

「そこまでは、俺にもまだ分からねえ」

「何だ」

拍子抜けした気持ちで、自分だって分かってないいんじゃゃない、と増岡は呆れた思いで言った。

すると、三宅が慌てたように付け加える。

「待て、待て、確かに動機は分からないが、やつの胸の奥底に、もっと別の止むに止まれぬ深刻な思いがあるってことだけは、確かなような気がするんだ」

「どうして、そう思われるんですか」

「女のおまえには分からないだろうが、男っていう生き物は、愚かなことと分かっていても、不器用な生き方しかできない場合があるんだ」

三宅のいつにない真剣な口ぶりに、増岡は返す言葉がなかった。考えてみれば、この先輩刑事の私生活やこれまでの人生のことを、彼女はほとんど知らない。四十代に足を踏み入れていながら、いまだに独身だという。身だしなみへのこだわりは、一切なし。口にするものと言えば、牛丼とかラーメンばかり。わずかに知っていることは、歳の離れた弟がいて、体のどこかに障害があるようなことぐらいだった。一度だけポロッと漏らしたことがあった。

いいや、違う、と増岡は思い直した。ただ一度だけだが、三宅のその隠された素顔を、垣間見たことがあったのだ。それは平成二十九年七月二十九日に起きた、深沢美穂という五歳児が姿を消して、同日の夕刻、遺体で発見された《船橋市幼女誘拐殺人事件》のときだった。

あの事件の捜査の過程で、その七年前に起きた《田宮事件》と呼ばれる手口の酷似した幼女誘拐事件との関連が疑われ、さらに、同一犯人による犯行の可能性までが浮上したのである。その理由は、《田宮事件》のときに被害者の遺体発見現場から押収されたぬいぐるみの毛とまったく同じものが、《船橋市幼女誘拐殺人事件》の被害者の身に着けていたTシャツからも発見されたからだった。

ところが、《田宮事件》で逮捕され、起訴された犯人の田宮龍司は、裁判で死刑判決を受け、再審でもその判決が覆らなかった直後の平成二十四年八月七日に、木更津拘置支所内で自殺を遂げたのだ。ここから、七年の年月を隔てて、真の幼女誘拐犯が活動を再開した公算があることや、田宮龍司が冤罪だったという可能性が取り沙汰され、マスコミの報道が最高潮に過熱する騒ぎとなったのである。

だが、この二つの事件を取り巻く不可解な展開の裏側には、目の前の三宅が胸の奥底にずっと抱え込んでいた、ある人物への尽きせぬ思いが働いていたのだった。もっとも、この事実を知っているのは、ごくわずかな人間だけだ。ともあれ、もしかしたら、三宅は、そんな自分と似た心の痛みを、倉田が背負っているのかもしれないと推測しているのだろうか。

背後から声が掛かったのは、そのときだった。

「あのう」

二人は飛び上がるほど驚き、同時に振り返った。

ついさっき別れたばかりの石川節子が、深刻な顔つきで立っていた。

「いったい何だよ」

悪さを見透かされた子供みたいに、三宅が狼狽(うろた)えた口調で言った。

「倉田さん、やっぱり何かしちゃったんじゃないですか」

外聞を憚(はばか)るように、石川節子が声を潜めて言った。

「どうして、そんなことをお訊きになるんですか？」

三宅が度を失ったように黙り込んでいるので、増岡は反対に質問した。

すると、石川節子は素早く周囲を見回してから、小声で続けた。

「実は私、あのことを知っているんです」

っていることですよ」

「倉田さんが、以前、人に怪我を負わせて、執行猶予の付いた判決を受けている身だってことですよ」

増岡は、三宅と素早く顔を見合せた。

「どうして、それをご存じなんですか」

言ってから、増岡もハッとして辺りを見回した。三人に関心を向けている者は、一人もいない。

石川節子が続けた。

「一年ほど前、倉田さんが夕凪館で働き始めた直後に、宿でお客さんの財布が紛失したことがあったんです。結局、それはお客さん自身が、自分の車のグローブ・ボックスに置き忘れていて、勘違いしていただけだったんですけど。ともあれ、そのときに、旦那(だんな)さんが——夕凪館のご主人の友部喜久治さんが、《あいつの仕業かもしれない》って、倉田さんの前歴を私にだけこっそりと漏らしたんです」

増岡は、思わず身を乗り出し言った。

「でも、友部喜久治さんだって、その前歴を承知のうえで、納得して、倉田さんをお雇いになったんでしょう」

石川節子が即座にかぶりを振った。

「私もびっくりして、同じことを訊きました。そうしたら、旦那さんは、乗り気じゃなかったって言っていました」

「乗り気じゃなかった？」

「ええ。でも、杏子さんが雇おうと強く主張したから、仕方なく雇ったんだと言っていました」

「杏子さん、というのは？」

「旦那さんの娘さんです。――ねえ、本当は、倉田さんに何かあったんじゃないんですか」

根がしつこい性格なのだろう、石川節子が質問を執拗に繰り返す。だが、事件の詳細を話すわけにはいかない。

「どうして、そんなに気にされるんですか」

「だって、十日ほど前にも、あんなことがあったから」

言葉の終わりを飲み込むようにして、石川節子が言った。

「あんなこと？」

増岡の言葉に、石川節子が仄暗い目つきになり、小さな声で続けた。

「杏子さんの弟の雄二さんが、宿の近くの海水浴場で溺死したんです」

増岡は思わず絶句した。

「どうして溺死したんだよ」

黙り込んでいた三宅が、横から口を挟んだ。

石川節子が再びかぶりを振った。

「それが、よく分からないんです。もちろん、警察が何人も来て、ずいぶん調べていました。宿の人間や近所の住人からも聞き取りをしていたし、雄二さんの部屋も調べていました。だけど、自殺か、他殺か、それとも事故だったのか、最後まではっきりしなかったんです」

「なるほど。夕凪館の人たちにとっちゃ、そいつは確かにショックだったろうな。しかし、その出来事と倉田が、いったいどう関連しているんだよ」

「そのときも警察に話しましたけど、雄二さんが溺死する三日前の晩、夕凪館の裏手で、倉田さんが雄二さんの胸倉を摑んでひどく揉めているのを、私、チラリと見かけちゃったんです。——ねえ、倉田さんに、いったい何があったんですか」

三宅と目を見交わしたまま、増岡は言葉がなかった。

最後まで不審の念を抱いていた石川節子に、二人は捜査上の秘密という口実で押し通した。

悄然と去ってゆく彼女の後ろ姿を見やりながら、増岡は三宅に言った。

「これから、どうしますか」

無精髭の伸びた顎を掻きながら、石川節子を見やっていた三宅が、険しい顔つきを彼女に向けた。

「今回の事件と、どう関わって来るかは分からんが、友部雄二の不審死と、その直前に倉田忠彦が彼と揉めていたっていう証言を聞いちまった以上、このまま黙って放っておくわけにいかんだろう」

「このまま黙って放っておくわけにはいかないって、三宅さん、いったい何をするつもりなんですか」

「決まっているじゃないか。友部雄二の不審死の実況見分調書と関係者からの聞き取りの記録が、館山署に保管されているはずだ。これから、その二つを確認するんだよ」

三宅の言葉に、増岡は驚いて言った。

「ちょっと待ってください。私たちがこの館山へ派遣されたのは、西岡卓也の《鑑取り》と、倉田忠彦の内偵のためですよ。勝手なことをしたら、それこそ、係長から絶対に怒られます。だいいち、正式に捜査協力の依頼を入れなければ、実況見分調書を見ることも難しいはずじゃないですか」

三宅がかぶりを振った。

「増岡、おまえはガリ勉でこだわり屋、そのうえ、けちん坊だと思っていたが、前言撤回だ」

「はぁ？　何をおっしゃりたいんですか」

「おまえはガリ勉でこだわり屋、それに、けちん坊に加えて、四角四面の杓子定規だと言い直す」

ムッとして頰を膨らませた増岡が、口を開こうとすると、それを制するように三宅が言い添えた。

「それに、現場の刑事には臨機応変の判断が必要だって、香山主任がいつもおっしゃっているじゃないか。しかも、実況見分調書のことだったら、捜査協力の心配は無用だ。館山署には、卒配で同期だった気心の知れた男がいる。お誂え向きに、そいつの部署は捜査記録を保管する警務部庶務課なんだぜ」

六

「ああ、倉田だったら、素直に取り調べに応じていたよ」

倉田の傷害事件を担当したという市川署の二瓶警部補が言った。顔の平べったい、一重の目つきが鋭い刑事である。半袖のワイシャツ姿だが、胸元の雑なネクタイの結び方が、香山の目に留まった。

「供述に、あやふやな点はなかったんですか」

　香山は訊いた。

　二瓶警部補が肩を竦めた。

「あんな軽微な事件だから、取り調べで誤魔化そうとしても無駄だと思ったんだろう。いざこざの発端から、包丁を持ち出して来て被害者を刺すまで、倉田忠彦は淀みなく同じ供述を繰り返していたよ」

「諍いの原因は、酔いが昂じて、些細なことから口論となり、と記録にありますけど、些細なことって、具体的には、どんなことだったんですか」

　二瓶警部補が、またしても肩を持ち上げた。

「そのことについちゃ、二人から別々に聞き取りをしたけど、倉田は、自分の料理を瀬島に腐されたからだったような気がすると言っていたし、瀬島五郎の方は、使用人の分際で生意気な口を利いたので、腹が立ったと言っていたっけ」

「だったら、少なくとも事件経過については、いささか曖昧な点が残っていたことになりますね」

　批判めいた口調にならないように気を付けながら、香山は言った。

「おいおい、人聞きの悪いことを言うなよ。こっちだって、それなりに突っ込んで取り調べをしたに決まっているじゃないか。しかし、諍いについての原因や経緯について訊くと、二人とも口を揃えて、酔っていてはっきりとは覚えていないと言いやがったんだ。酒のせいで記憶が曖昧な以上、こっちに何ができる。だがな、逮捕の時点で、倉田がその手に血の付いた出刃包丁を握っていたことや、瀬島五郎が下腹部を負傷していたことは、紛れもない事実だったんだぜ。その点についちゃ、現場に駆けつけた四人の警察官が、はっきりと現認している。これでもまだ、事件経過に不審な点があるって言うのかよ」

一重の目を細めて、あからさまに不興げに二瓶警部補が言い返した。捜査内容に、ほかの署の警察官から口を差し挟まれることは、どこの刑事にとっても、面白い話ではないのは当然だろう。

だが、西岡卓也殺害の一件に倉田忠彦が関わっている可能性が浮上したいま、その倉田について、どんな些細な点も見逃すわけにはいかない。まして、彼の前歴の原因となった傷害事件に、納得しがたい部分が残されているとなれば、猶更である。

相手のあからさまな不機嫌に気が付かないふりをして、香山は話を変えた。

「包丁は、料亭の厨房から持ち出したのでしたよね」

「ああ、そうだよ」

二瓶警部補が不貞腐れたように言った。

「事件現場となった瀬島五郎さんの寝室と、その厨房は近かったんですか」

「この図を見りゃ、分かるだろう。寝室は母屋の二階で、厨房は別棟の料亭の一階。だから、さして近かったわけじゃない」

香山の質問に、捜査記録の見取り図を面倒くさそうに指差して、二瓶警部補がつっけんどんに言った。

香山は黙り込み、見取り図に見入った。料亭の裏手の厨房の隣に、母屋が建っている。母屋の裏手には、使用人の出入りする木戸があり、その出口は、ちょうど母屋の二階にある瀬島五郎の寝室の下に位置していた。

彼は相楽と目を見交わした。寝室で酒を飲んでいて、口論が始まり、やがて諍いになる。それから母屋の一階へ下りて、渡り廊下を通って料亭の厨房へ行き、包丁を持ち出し、再び母屋へ戻り、二階の寝室へ行って主人を刺す。一時の激情にかられた犯行にしては、あまりに悠長な動きではないだろうか。カッとなったら、その場で殴り掛かるなり、手近な得物で襲いかかるのが、むしろ、ごく自然な反応だろう。

そんな香山の心中を読んだのか、それまで黙ってメモを取っていた相楽が口を開いた。

「倉田は、厨房に凶器を取りに行ったんですよね」

「ああ、そうだけど」

二瓶警部補がうなずく。相手が同じ階級のせいか、香山に対するときのようなぞんざいな態度が抑えられている。

「だったら、どうして、イワシを捌く小型の出刃包丁ではなく、大きな包丁を持ち出さなかったんですかね」

二瓶警部補が作ったような苦笑いを浮かべた。

「たまたま目に付いた得物だったんだろうよ。ともかく、二人とも酔っていたんで、状況をよく覚えていないの一点張りさ。おたくらだって、覚えがあるだろう。したたかに酔って、翌朝目が覚めてみたら、どうやって家に戻ったのか、まったく覚えていないってことが。それと同じさ。だけど、当の倉田が、自分が刺したことについちゃ、はっきりと自供したし、被害者の瀬島五郎はもちろんのこと、一人だけ素面だった目撃者の上条麗子も同じことを証言したんだぜ。まして、さっき話した警察官以外に、女房の瀬島恒子が、血の付いた出刃包丁を握っている倉田をその目ではっきりと目撃しているんだ。

被害者の証言、犯人の自供、凶器、動機は少々曖昧でも、酔っていたのは事実だった。もちろん、呼気検査をやったからな。呼気中アルコール濃度が、確か〇・六だったっけ。おたくらには釈迦に説法だろうが、日本酒で三合程度の酔いだ。そろそろ体がふらつき、手足の動きがおぼつかなくなる酔い加減だぜ。誰がどう見たって、これで決まりじゃねえか」

「上条麗子さんは、二人の諍いのどの段階から目撃されたんですか」

「調書にも、ちゃんと書いてあるだろう。部屋に行ったら、倉田が瀬島五郎を刺したところだったと」

「つまり、その直後に、瀬島恒子さんが来合せたんですね」

「ああ、その通りさ」

そのとき、二瓶警部補がふいに思い出したという顔つきになって続けた。

「それにしても、被害者の瀬島五郎は、面白いおっさんだったよ。料亭の主人然とした恰幅のいい人物だが、実は入り婿で、かみさんにまったく頭が上がらないんだとよ。よっぽど女房が怖いんだろうな」

二瓶警部補は笑い、さらに言い添えた。

「まあ、女房の父親が、地元の名士なんだから、無理もないかもしれんけど」

「地元の名士？　どういう方なんですか、瀬島恒子さんの父親は」

相楽が訊いた。

「中堅の建築会社のオーナーさ。うちの署長とも、かなり懇意にされているんだぜ」

なるほど、と相楽がうなずき、言った。

「調書には、事件が起きたとき、瀬島五郎さんは寝間着姿で、倉田は仕事着だったとありますが、これも間違いありませんね」

「調書にそう書いてあるんだから、間違いないだろう」

またしても面倒くさそうな口調で、二瓶警部補が言った。

そのタイミングで、香山は口を挟んだ。

「だったら、もう一つだけ。上条麗子さんは、どうしてそんな時間に瀬島五郎さんの寝室にいたんですか」

「確か、倉田と瀬島五郎の喧嘩騒ぎを聞きつけて心配になって、寝室へ行ったんじゃなかったかな。怒鳴り合う声を耳にしたから、と話していたという記憶があるよ」

香山は考え込んだものの、やがて言った。

「捜査記録をしばらくお貸しいただけますか」

「ああ、手続きをしてくれりゃ、正式に貸し出すよ」

うんざりした顔つきで、二瓶警部補がうなずいた。

七

増岡は三宅とともに、館山警察署の庶務課の部屋のデスクで、友部雄二の溺死についての実況見分調書と、関係者からの聞き取りの記録に目を通していた。

館山署は、館山駅東口から八百メートルほどの位置にある、三階建ての四角い建物である。三宅が太鼓判を押した通り、卒配で同期だったという村尾岩雄巡査長が、内緒で《融通》を利かせてくれたのだ。

黒い厚紙の表紙で綴じられた実況見分調書の内容は、石川節子が話していた通りだった。友部雄二が死亡したのは、今年の七月二十八日のことで、死亡推定時刻は午後十時三十八分だった。場所は、夕凪館から百メートルほど離れた北条海水浴場の海面である。

遺体はうつ伏せの状態で、波間に浮かんでいたという。司法解剖の結果、肺に海水と、かなりの砂が混入していた。腕や肩に打撲痕や擦過傷のようなものが認められたものの、誰かと争った痕なのか、波に揺られていて、水底に打ちつけられたり、擦れたりして生じたものか、どちらとも判然としなかった。さらに、降雨時の、しかも夜分の海岸ということで、目撃者も皆無だったために、事故死と断定せざるを得なかった。

「遺体が見つかった経緯は？」

三宅が、知り合いの村尾巡査長に訊いた。

「午後十一時過ぎに、柴犬を散歩させていた中年の男性が発見したのさ。突然、連れていた柴犬が吠えだしたんで、立ち止まったんだ。そして、目をこらして見たら、すぐ近くの海面に人が浮かんでいるのに気が付き、仰天して、持っていた携帯電話で通報してきたんだ。その晩、たまたま宿直勤務だったから、こっちまで実況見分の応援に駆り出されて、一晩中働き通しで、まったく参ったよ」

「それにしても、死亡時刻がやけに明確に判明しているんだな」

実況見分調書の頁を捲りながら、三宅が訝しげにつぶやいた。

「友部雄二が左手首に嵌めていた腕時計は、防水機構のないものだったからさ。時計に海水が入って針が停止していた時刻が、つまり、その時刻ってことさ。疑問の余地はないだろう」

そう言いながらも、村尾巡査長は、部屋に誰か入ってこないかと、ドアの方を気にしている。熊顔の三宅に対して、顔の長い馬面である。その村尾巡査長が続けた。

「家族の証言によれば、友部雄二は宿の裏手に続いている、自宅の一階の自室から姿を消したそうだ。以前にも、雄二は自室の窓から出入りするようなことがあったらしい。ともあれ、最後にその姿を見たのは、母親の松子で、時間は午後十時頃だった。大好きなプラモデル作りに没頭していて、塗料を塗っていたとのことだが、ひどく浮かない表情をしていたというのさ」

「どうして、浮かない表情だったんだよ」

三宅の質問に、村尾巡査長が肩を竦めた。

「さあ、そこまでは分かっていない。もっとも、その三日くらい前から、雄二は落ち込んでいたんだそうだ。しかも、雄二の死については、前兆らしきものが、もう一つあったんだぜ」

「前兆？」

「ああ、ずっと続けていた喫茶店のアルバイトを、雄二は七月二十六日に、電話を掛けて辞めているんだ」

増岡は、三宅と顔を見合せた。石川節子の口にしていた言葉を思い出したのである。雄二が死ぬ三日前の晩、宿の裏手で、倉田忠彦が雄二の胸倉を摑んで揉めていたという、あの一件である。そして、七月二十六日といえば、その次の日に当たる。

するど、村尾巡査長が何気なく続けた。

「そのうえ、友部雄二についちゃ、別の事件との絡みまで疑われたんだぜ」

「別の事件？」

怪訝な顔つきとなった三宅の言葉に、村尾巡査長がうなずく。

「ああ、この管内と船橋で起きた連続婦女暴行事件さ」

三宅と増岡は、再び顔を見合せてしまった。

八

香山と相楽が船橋署に戻ったのは、午後十時過ぎだった。

講堂に入ると、捜査会議はすでに始まっており、午前中に行われた大学病院における検死の報告が続いていた。現場検視の結果と同様に、西岡卓也の死亡原因は、右側頭部をガラス製のワインボトルで殴打された頭蓋骨陥没だった。照明が落とされた講堂正面の大スクリーンに、遺体の状況の映像が次々と映し出されてゆく。

眼を瞑った西岡卓也の顔。

側頭部の陥没した生々しい傷口。

遺体の全身。

血の流れた路面。

凶器のワインボトルとその破片。

周囲の道路や町並み。

さらに、血液検査と胃の内容物の確認によって、死亡する直前まで飲酒していたことも判明し、アルコールの血中濃度がかなり高く、相当に酔っていたと考えられるという報告が続いた。最後に、凶器となったワインボトルに付いた指紋の血が、検査の結果、被害者の西岡卓也のものと断定されたとの報告があった。

説明が途切れたところで、香山は手を挙げて質問した。

「被害者は何回、ワインボトルで殴打されているんですか」

「凶器による右側頭部の殴打は、陥没した頭蓋骨の状況から鑑（かんが）みて、一度だけと断定されています」

捜査員がすかさず答えた。

大スクリーンの映像が消えて、講堂内に照明が灯（とも）ると、ざわめきが広がった。

その中で、米良が立ち上がり言った。

「被害者の家宅捜索の報告――」

二人の捜査員が起立すると、報告を開始した。西岡卓也を殺害した犯人の動機解明のため、船橋市内にある彼のワンルームマンションの家宅捜索が行われたのである。

「室内に残されていた私物、ノートや手帳類、パソコンのデータ、電話の留守録音、それに着信や通話記録などからは、凶行の引き金となったと推定されるような揉め事やいざこざの類（たぐい）を示すものは、何一つ発見できませんでした。また、西岡卓也自身が何らかの不正行為や犯罪に関わっていることを示すものについても、徹底的に捜索を行いましたが、気になるものは確認できませんでした。さらに、隣近所で聞き取りをしてみましたが、その暮らしぶりに、さして変わった点や不審な行動はなく、周囲といざこざを起こしていた気配はまったく見られません。人の出入りについても訊いてみましたが、特定の人間の出入りはなかったようです。押収したものは、手帳、高校時代の名簿、タブレットなどです」

「次、西岡卓也の大学で聞き込みを行った組――」

米良の言葉に、講堂の最後方の列の捜査員が二名起立した。そして、年嵩の本部から出向している捜査員が執務手帳を開き、老眼鏡を掛けると口を開いた。

「西岡卓也については、指導をしているゼミの教授や同じ学部学年の学生たち、それに、冒険部のほかの部員たちから話を聞きました。しかし、特に注目すべき証言は得られませんでした。人柄はいたって明るく、友人もかなり多かったようです。しかし、お調子者だったという証言もありました。とはいえ、ことさら悪く言う人間はいません。ゼミの教授の証言も同様で、それなりに勉強熱心だったと話していました。ちなみに、特定の政治思想やカルト系の信仰に染まっていた気配もありません」

「次、相楽と香山たちの組――」

米良の言葉で、香山は相楽とともに立ち上がった。相楽が口を開いた。

「私たちは、倉田忠彦の保護司である鈴木正三郎氏のもとを訪れました――」

相楽が手帳に目を落としたまま、鈴木正三郎から聞き込んだ内容を説明していく。

倉田の生真面目な人柄。子供の頃に両親を失い、妹とともに習志野市在住の親戚に育てられたという境遇。事件当日、午後八時過ぎに鈴木正三郎の家を辞したこと。そして、当日の面談において、いつにもまして寡黙で、何やら気に掛かることを抱えているような気がした、という鈴木正三郎の証言を付け加えた。

するとと、米良が言った。

「つまり、鈴木正三郎の証言によっても、事件直前の倉田忠彦の素振りに、すでに普段と違う点があったわけだな」

「ええ、その通りです。しかも、鈴木正三郎の家を辞した時間帯と、鈴木宅の位置から勘案して、事件の起きた時間帯に、倉田忠彦が現場を通りかかった可能性が極めて高いと推定できます。しかも、その日の倉田の服装や髪型についての鈴木正三郎の証言は、目撃者であり通報者である小森好美の証言とも完全に一致しています。そこで、私たちはその足で、二年前に倉田の起こした傷害事件の詳細を確認するため、市川署へ回りました――」

相楽が、今度は傷害事件の捜査記録の内容と、捜査を担当した二瓶警部補の証言を説明し始めた。そして、現場と凶器が置かれていた場所がかなり離れている点や、凶器が小さな出刃包丁であった点、傷害事件が起きた経過や原因について、被害者の証言と加害者の自供に、いささか曖昧な点が残されているうえに、さらに、仲居の上条麗子が目撃者であったことなど、事件の経緯に幾つかの不審な点が指摘できることを説明した。

その報告に、米良が唸った。

すると、雛壇(ひなだん)に座していた赤ら顔で太った捜査一課長が口を開いた。

「もしかすると、この二つの事件はいずれも、突発的な事態でなかった可能性もあるかもしれんぞ。引き続き、倉田の周辺を調べるんだ」

「了解しました」

相楽が答え、香山とともに着席した。

「よし、次に三宅と増岡の組——」

米良が声を張り上げた。

捜査員たちの報告をメモに取っていた増岡が立ち上がると、続いて隣で立ち上がった巨体の三宅が、煙草の袋の紙のメモに目を落としながら報告を始めた。

「近所の住人、中学や高校時代の同級生、それにバイト先などで、被害者の西岡卓也についての聞き取りを行いました。西岡卓也は家が金持ちで、勉強も出来たそうです。しかし、かなりのお調子者で、それも度が過ぎて、何度か揉め事を起こしていたという証言もあります。もっとも、彼と親しくしていたという級友の清水道夫によれば、殺害されるような心当たりはまったくないとのことでした。ちなみに、この清水道夫の父親は、代議士だそうです——」

三宅の報告は、さらに倉田忠彦についての聞き込みへと続いた。

「――こちらは、どこで訊いても、いたって評判のいい男でしたが、実は、聞き込みの最中に、一つだけ、アクシデントがありまして」

三宅の歯切れの悪い言葉に、米良が言った。

「何だ、そのアクシデントとは」

一瞬だけ、三宅が増岡に顔を向けた。いつもの豪快な気配が消え失せて、ひどく情けない顔つきになっている。

「聞き込みの途中で、夕凪館の従業員と顔を合せてしまったんです」

その言葉に、講堂が水を打ったように静まり返った。捜査員としては、完全な失策と言わざるを得ない。

「それで、おまえたちはどうしたんだ」

米良が不機嫌そうに言った。

「やむを得ず、石川節子というその従業員からも聞き取りをしたところ、事件当日、倉田が外出して、午後十一時過ぎに帰宅したことと、やけに険しい顔つきだったという証言を得ました。しかも、現場近くの主婦が目撃したという逃走した男性と、倉田の衣服の特徴も一致しました」

そこまで言うと、三宅がまたしても増岡に顔を向けた。この先は、おまえが報告してくれという懇願の顔つきになっている。

音をさせずにため息を吐くと、増岡は小さくうなずき、口を開いた。

「係長、本件と関連するかどうかは分かりませんが、気になる話を二つ耳にしました」

「気になる話を二つ？　それは何だ」

「一つは、七月下旬に、夕凪館の長男である友部雄二が溺死したことです。そして、二つ目は、その雄二の死の三日前の晩、宿の裏手で、倉田忠彦がその雄二の胸倉を摑んで、ひどく揉めているのを、たったいま名前の出た石川節子が目撃したという点です」

彼女の言葉に、講堂内にざわめきが広がった。

「それで、おまえたちはどうしたんだ」

米良の言葉に、増岡は意を決し、続けた。

「どうしても気になったので、友部雄二の溺死について調べた館山署へ赴きました」

「おい、ちょっと待て。おまえたちは、そんな勝手なことをしたのか」

米良が不愉快そうに怒鳴った。

「申し訳ありませんでした――館山署には、卒配で一緒だった知り合いがいましたから、何とかなると思いまして」

横から、三宅が言い訳をした。

「まあいい。それで何か分かったのか」

一課長が苛立ったように言った。

増岡はうなずくと、続けた。

「はい、担当者によれば、石川節子の話していた通り、友部雄二の溺死は事故、自殺、他殺のいずれとも判断が付かなかったそうです。死亡したのは、七月二十八日の土曜日、午後十時三十八分でした。遺体が発見された場所は、夕凪館から百メートルほど離れた北条海水浴場の海面で、うつ伏せの状態で波間に浮かんでいたとのことです。午後十一時過ぎに、犬を散歩させていた男性が発見しました。司法解剖の結果、肺に海水と砂が混入していることが判明し、打撲痕や擦過傷があったものの、それが誰かと争った痕跡か、波にもまれて水底に打ちつけられたり、擦れたりした痕跡かどうかは判然としなかったそうです。そのうえ、目撃者も皆無だったために、事故死と断定せざるを得なかったとのことでした。

当日の晩、友部雄二は自宅の一階の自室から姿を消したそうで、最後に母親がその姿を見たのが午後十時頃、プラモデルに塗料を塗っていたものの、ひどく浮かない表情をしていたとのことです。それに、その三日ほど前から、雄二はひどく落ち込んでいたという証言もあります。――それで、先ほどの石川節子の証言が引っかかって来るというわけです。溺死の三日前、夕凪館の裏手で、倉田が雄二と揉めていたという、あの証言です」

「どうして揉めていたのか、分かっているのか」

米良が口を挟んだ。さっきの口調から一転し、興味を引かれたという響きが籠っている。

「むろん、館山署でも重大な関心を寄せて、雄二の溺死と倉田との関わりを疑ったものの、物証、目撃者、いずれも見つからなかったことから、倉田本人への事情聴取を行った程度だったそうです」

「揉めていた理由について、倉田はどう説明したんだ」

「夕凪館の仕事をちゃんと手伝えと、厳しく注意しただけだと言っていたとのことです」

「夕凪館の手伝い？」

「はい、雄二は中学生の頃から、父親の喜久治と折り合いが悪く、宿の手伝いをまったくしなかったんだそうです」

「遺書の類はなかったんですか？」

別の捜査員から声が飛んだ。

「遺書は、一切発見されておりません」

「そのほかに、分かったことは？」

一課長が先を促した。

「はい、友部雄二について、担当者にあれこれと質問していたところ、その担当者がふいに別の事件のことを持ち出しました」

「別の事件だと？」

「雄二の死の一か月ほど前から、船橋市と館山市内で起きた連続婦女暴行事件のことです」

講堂内が大きくどよめいた。

雛壇の一課長と署長が、忙しなく囁き交わしている。

ざわめきはなかなか静まらなかったものの、増岡は敢えて続けた。

「最初に警察に被害を訴えたのは、二十三歳の被害者女性の父親でした。その女性が勤め先からの帰宅途中で襲われて、大怪我を負ったとのことです。もっとも、被害者は世間体から、最初、泣き寝入りするつもりだったそうです。ところが、暴行の事実を娘から聞いた父親が激昂して、彼女の意向を押し切り、警察に被害届を出したことから、事件が明るみに出たとのことです。その結果、被害者名は匿名でしたが、事件内容が新聞で報道されました。すると、その一件以前にも、ほかにも二人の女性がまったく同様の被害に遭っていたという訴えが相次いで提出されたのです。しかも、そのうちの最初の事件は、ここ船橋管内で起きています」

その言葉に、静まりかけていた講堂内が再びざわついた。

「増岡、ちょっと待て、被害者と事件の時系列がちゃんと分かるように、順序立てて説明しろ」

米良が苛立ったように言った。

「分かりました。最初の事件が発生したのは、六月三十日の土曜のことでした。被害者は二十八歳の会社員です。彼女は仕事帰りの夜、船橋市内の人けのない道で何者かによって、いきなり顔にガムテープを巻かれて、両手も後ろ手にガムテープで縛られたとのことです。そして、近くの植え込みに連れ込まれて、無理やり乱暴されてしまいました。ただし、その時点で、被害者は警察に届け出ませんでした。

二件目が発生したのは、七月七日のやはり土曜日のことで、今度は二十歳の女子大生が、館山市内で帰宅途中に意識の混濁を感じたところ、まったく同様の手口で襲われて、乱暴されたとのことです。しかし、この時点で、やはり被害届は出されていません。それはともかく、いずれの場合も、被害者を物陰に連れ込んだ犯人たちは、ガムテープで目の見えなくなっている被害者の首を絞める素振りをして、《騒ぐなよ》と囁くと、もう一人が《声を出したら殺す》と耳元で脅したとのことです。そのせいで、彼女たちは恐ろしくなり、無抵抗のままでした。

そして、三件目の被害者が、先に申し上げました二十三歳の会社員で、事件が発生した日は、七月十四日の土曜のことで、手口や事件経過はすべて同様で、発生場所は館山市内でした。先ほども申し上げましたように、この一件を被害者の父親が警察に通報したことから、一連の事件の存在が浮上したというわけです。

注目すべきは、三人目の被害者について、被害届を受理した警察が、病院で被害者の血液検査を行ったところ、血液中からかなりの濃度の睡眠導入剤の成分が検出されたという点でした。館山市内で起きた事件のもう一人の被害者も、犯人たちに襲われる直前に、意識が混濁したと証言していることから鑑みて、船橋市内の被害者の場合は別にして、二人の被害者は、いずれも睡眠導入剤を飲まされたものと推定されています。また、三人目の女性だけが大怪我を負ったのは、ほかの二人が無抵抗だったのに対して、彼女だけが犯人に激しく抗（あらが）ったせいだったと考えられております。言わば、被害者の性格が、事件の様相を左右したということでしょう。それはともかく、新聞で事件の手口の概要が報道されたのは、七月十五日のことでした。当然、館山署では捜査本部を設置して、痴漢や婦女暴行などの前歴のある男性、素行の悪い者などについて、軒並み調べましたが、いまのところ容疑者は見つかっておりません」

増岡が言い終えると、それまで黙っていた一課長がいきなり立ち上がり、捜査員たちを見回して声を荒らげた。

「おい、ここの所轄の者で、六月三十日のその暴行事件を調べた人間はいるか」

「はい」と返事があり、所轄署の中年の刑事が起立し、口を開いた。

「七月十四日に館山署管内で起きた事件の報を受けて、こちらでも類似の事犯を洗っていたときに、たまたま、六月三十日の被害者からの被害届が出されて、同一犯と推定される事件が起きていたことを確認しました。しかし、その時点で事件発生からすでに二週間以上が経過しており、証人や物証などは、まったく摑めませんでした。以後、事件は館山署の所管となり、こちらは捜査協力という形に移行して、現在に至っています」

講堂内に沈黙が落ちた。

その静寂を、椅子に座り直した捜査一課長が破った。

「その連続婦女暴行事件が、溺死した友部雄二や倉田忠彦と、どう関連しているというのだ」

増岡は言った。

「三人目の被害者の事件が報道されて、二日後に一件目と二件目の女性も被害届を提出したことから、館山市内で起きた二件に共通する注目すべき事実が浮上しました。ちなみに、二人の被害者たちには、互いにまったく繫がりはなく、襲われて乱暴された場所も別々でした。しかし、襲われたのが、いずれの場合も土曜日であることと、自宅へ帰る途中、二人とも館山市内の喫茶店に立ち寄り、飲み物を口にしていた事実が明らかになったのです。その喫茶店というのは、年老いた夫婦者が経営している《やじろべえ》という店で、毎週、火曜、木曜、土曜日に、ここでアルバイトしていたのが、ほかならぬ友部雄二だったとのことです」

「つまり、友部雄二が、被害者たちの注文した飲み物の中に睡眠導入剤を混ぜて、帰り道で気分が悪くなったところを襲ったと見たわけか。しかし、たったそれだけの状況証拠では、クロと断定することは難しいだろう」

「むろん、その通りです。だからこそ、友部雄二については、重要参考人として内偵の段階でした。まず、雄二が睡眠導入剤を購入したことがあるかどうか、市内の薬局やドラッグストアへの聞き込みと、防犯カメラの録画画面の確認を行ったそうです。その結果、館山市内のあるドラッグストアで、雄二が睡眠導入剤を購入していたという事実が判明しました。ところが、周囲への聞き込みによって、雄二が不眠気味であるという証言も得られたこともあるうえに、睡眠導入剤の購入はその一度だけでしたし、ほかにもいくらでも購入者がいることから、決め手にはなりませんでした。ところが、そうした内偵中の七月二十八日に、雄二が不審死を遂げたのです。ここに至り、館山署の捜査本部はクロの心証を一気に強めて、友部雄二が殺害された可能性があるという名目のもとに、連続婦女暴行犯のDNAと一致するかどうか、DNA鑑定に踏み切りました」

「おい、ちょっと待て。いったいどこに暴行犯のDNAが残されていたんだ」

米良がまたしても口を挟んだ。

「三件目の被害者の右手の人差し指の爪の間です。先ほど、犯人から襲われたとき、その女性だけが激しく抵抗したと申し上げましたが、そのときに犯人の腕を引っ掻いたんです。彼女が大怪我を負ったのも、そのせいでした。被害者の衣服にも、若干の体液が残されていました。爪に残されていた皮膚片と衣服に付着していた体液のDNAは、鑑定の結果、いずれも同一の人間のものと判明しました」

「それで、結果は？」

増岡はかぶりを振った。

「残念ながら、友部雄二のDNAとは一致しませんでした」

一転して、落胆と嗤いを含んだざわめきが講堂内に広がった。

増岡はすかさず言った。

「結論を早まらないでください。被害に遭った三人の女性たちは、口を揃えて、犯人が二人組だったと証言しています。しかも、友部雄二が死亡してから、連続していた婦女暴行事件がピタリと止んで、新たな類似事件が発生したという報告は、いまのところありません。この事実を偶然の一致と捉えるより、関連した事態と推定するのが捜査員としての見方ではないでしょうか」

「つまり、おまえたちは、友部雄二が、その事件の犯人の片割れだった可能性があると言いたいわけか」

「その通りです」

「友部雄二のアリバイを調べたのか」

「はい。館山における二件の暴行事件が発生した時間帯は、いずれも雄二のアルバイト終了後でしたが、船橋における一件のとき、本人は館山にいたことが立証されていますから、やや微妙なアリバイと言わざるを得ません。しかも、本人が死亡してしまったことから、完全には判明しなかったとのことです」

そう言うと、隣の三宅に、最大の嵐は通り過ぎましたよ、と増岡はかすかに笑みを含んだ目顔を向けた。

三宅がうなずき、ホッとしたように口を開いた。

「館山署での聞き込みの後、念のために、私たちは友部雄二が溺死した海岸へ行ってみました」

「北条海水浴場だったな」

米良が口を挟んだ。

「その通りです。千葉県には、それこそ無数の海水浴場がありますが、北条海水浴場はともかく広く、波の静かな浜で、渚のそばには駐車場や常設の休憩スペースもあり、仮設の海の家が建ち並び、その浜がカラフルな水着姿の海水浴客で埋め尽くされていました――」

三宅の説明に耳を傾けながら、増岡は海水浴場の光景を脳裏に思い浮かべていた。紺碧の大空に、純白の入道雲が立ち上っており、はるか遠くまで湾曲しながら続く砂浜に、数えきれぬほどの男性や女性がはしゃいでいた。海岸沿いの《内房なぎさライン》という道路を挟んで、道沿いにリゾートマンションやコーヒーショップ、レストラン、それに複数のコンビニの店舗が建ち並んでいた。家族連れや若者たちの乗った車が次々と通り過ぎて行った。あの海岸で友部雄二が不審死を遂げたことなど、まるで嘘のように感じられたものだった。

「――その後、私たちは富津の高校へ向かいました。西岡卓也の担任だった数学教師、桜井修一から話を聞くためです。桜井先生の西岡卓也に対する証言も、ほかの人たちとほぼ同様でした。勉強もよくでき、サッカー部に所属していて、確かにお調子者の一面はあったものの、素行にさしたる問題はなかったとのことです。ただし、桜井先生と話しているうちに、一つだけ気にかかる事実が判明しました」

「それは何だ」

米良が言った。

「同じクラスに、友部雄二も属していたという点です」

講堂内に、またしてもざわめきが広がった。

三宅が続けた。

「つまり、友部雄二は民宿夕凪館の主人の息子で、その民宿の板前として倉田忠彦が住込みで働いているわけです。そして、友部雄二のクラスメートが西岡卓也ですから、間接的ながら、倉田忠彦と西岡卓也の間に繋がりが存在することになります」

「そこに、倉田と友部雄二が揉めていたという要素が加わるというわけか」

一課長が付け足した。

そのとき、県警本部から出向している年配の捜査員が手を挙げた。

「意見があります」

「何ですか」

米良が指差した。

捜査員が立ち上がった。

「凶器と断定されたワインボトルに付着していた倉田の指紋、倉田と西岡卓也の間接的な繋がりの判明、髪型や服装などの目撃証言の一致、倉田が現場を通りかかった可能性が濃厚であること、さらに、倉田の傷害の前歴というように、具体的な材料は十分に揃っていると思います。目撃者の主婦の面通しは後日に回すことにして、ここは倉田の逮捕状を請求すべき段階ではないでしょうか」

捜査員たちがざわめいた。

するとそれまで黙していた香山が、いきなり手を挙げた。

「どうした、香山？」

米良が怪訝そうな声を上げた。

香山が立ち上がった。

「逮捕状の請求は、時期尚早だと思います」

増岡を含めて、すべての視線が香山に向けられていた。

「どうして、時期尚早なんだよ」

県警本部の捜査員が、あからさまに不機嫌そうに言った。

「倉田忠彦は保護観察付執行猶予者です。再び罪を犯せば、執行猶予を取り消されることは、誰よりも本人が一番よく分かっているはずです。しかも、以前の傷害事件の取り調べにおいて、彼は十指指紋を取られています。だとしたら、現場にみすみす凶器を残しておくでしょうか」

「気が動転していたからに決まっているだろう」

捜査員が反論した。

「不可解なのは、それだけではありません。凶器のワインボトルに残されていた指紋は血に染まったものです。しかし、西岡卓也は側頭部へのワインボトルの一撃で絶命したという検死結果が出ています。つまり、被害者が昏倒し、路面に血が流れたのは、殴打の後のはずです。それなのに、西岡卓也の血液の付いた指紋が、どうしてワインボトルに残ったのでしょうか」

いつものようにポーカーフェイスのまま、香山が理路整然と自説を開陳する。

「倒れた被害者の生死を確認したときに、倉田がうっかり被害者の血に触れて、再びワインボトルを握ったからさ」

「生死を確認する？　その動きは、気が動転していたという指摘と、いささか矛盾するんじゃないでしょうか。しかも、再び手に取ったボトルを、現場に放り出して逃げるのも、かなり不自然な動きだと思いますけど」

「咄嗟の場合、人がどんな行動を取るのか、予想などつかんだろう」

「しかし、凶器の瓶に残されていた指紋は、右手の人差し指と親指です。だとすれば、倉田は右利きである可能性があります。一方、先ほど報告があったように、西岡卓也の致命傷は、右側頭部です。右利きの人間が、相対する人間に凶器を振るった場合、傷は頭頂部から左側頭部に生ずるのではないでしょうか」

その言葉に、県警本部の捜査員が言葉に詰まったように黙り込んだ。

その後、ほかの捜査員たちからも意見が飛び出した。逮捕状を請求して、すぐにも取り調べるべきだ。いいや、もう少し補充捜査が必要だ。友部雄二の不審死や連続婦女暴行事件との関連についても、捜査すべき等々である。

その様子をしばらく静観していた米良が、意見が途切れたところで、おもむろに雛壇へ顔を向けた。

「一課長、どうやら意見も出尽くしたようです。最後に、今後の捜査方針を含めたご訓示をお願い申し上げます」

その言葉に、雛壇に座っていた一課長が立ち上がった。

「特別捜査本部が立ち上げられた当初、私自身、今回の事件はごく単純な殺しだろうと考えていた。しかし、有力な容疑者の倉田忠彦の周辺で、ほかにも不審な事態が発生していたことが判明したいま、その見方を修正せざるを得ないだろう。友部雄二の不審死、ここ船橋と館山で発生した二人組による連続婦女暴行事件、そして、現時点では、今回の西岡卓也の殺害という三つの事件は、ひょっとすると、一連の関連した事態だった可能性も捨て去るわけにはいかない。そこで、諸君らには、この三つの点について、さらなる詳細な調べを進めてもらいたい。言うまでもないことだが、重要参考人の倉田忠彦については、逃亡や自殺の恐れもあるから、三つの組で行動確認の態勢を築くこととする。以上だ」

その鶴の一声で、

「了解しました」

と捜査員たちの声が講堂内に響き渡った。

会議が散会となると、香山は押収品の並んだテーブルに近づいた。そして、手袋を嵌めた手で、高校時代の名簿を開いた。確かに、西岡卓也の名前の載った一覧に、友部雄二の名前もあった。

「香山さん」

背後から声が掛かった。

振り返ると、扇子を手にした相楽が立っていた。

「どうやら、今度の事件は瓢簞(ひょうたん)から駒ってことになりそうだな」

香山はうなずいた。

「同感です。さっきの一課長の言葉じゃないですけど、私も最初は、過去に揉め事を抱えた人間同士のぶつかり合いだろうと想像していました。しかし、どうやら、そんな単純な事件じゃなさそうな気がします」

「西岡卓也が何者かに殺害された一件と、七月二十八日の晩、友部雄二が不審な溺死を遂げた一件には、両者が高校時代の同級生という繋がりがあり、二年前に傷害事件を起こした倉田までがそこに絡まっている。しかも、その倉田の傷害事件にすら、釈然としない点が残されているな」

「さらに、船橋と館山で連続したという婦女暴行事件までが、そこに絡んでいる可能性すらあります。もしも、これらの出来事が、裏側で繫がっているとしたら、真相の解明はかなり難しいかもしれませんね」

「繫がっているとして、その中心にあるものは、いったい何だと思う」

相楽の問いに、香山はしばし考えると、やがて言った。

「人の悪意かもしれませんね」

第三章　意外な事実

一

翌日の八月九日、香山は相楽とともに、市川市の料亭、《角谷》を訪れていた。車の往来の激しい国道一四号線こと《千葉街道》から、一本道を入った閑静な住宅街の中に紛れるようにして《角谷》はあった。

わざと和風クラシカルな造りを意図したのか、白い漆喰壁のなまこ塀に囲まれており、敷地内に太い赤松が植えられ、その間に敷かれた玉砂利に飛び石が続いている。その先に、入母屋造の瓦屋根と白木の玄関格子が見えた。

「俺たちみたいな安月給の身には、二の足を踏む類の料亭だな」

相楽が足を止めて、自嘲気味に言った。

「こんな店で食事するのは、肩が凝るだけですよ」

そう言いながらも、ふいに脳裏に去来した光景に、香山は胸を突かれた。娘の初美が小学校四年生のときに、癌で亡くなった妻の朱美の笑顔が、はっきりと見えた気がしたのである。

あれは、初美が小学校に入学する直前の春だった。入学祝いを届けるために、松本市からわざわざ船橋を訪れた朱美の両親とともに、一度だけ、千葉市内にあるこんな感じの料亭で食事をしたことがあったのだ。むろん、安月給の警察官である香山にしろ、かつて女性警察官であった朱美にしても、そんな高級な料亭を利用したことはなかった。だが、たった一人の孫娘のために足を運んでくれた義理の両親をもてなすために、香山は奮発したのである。

香しい畳表の匂いのする八畳間で、丹精された庭を見ながら、美術館でしかお目にかからないような様々な美しい器に盛られた料理に、両親は目を細めていた。朱美も笑顔が絶えなかった。だが、何よりも、祖父母と両親に囲まれて、初美が小さな白い歯を見せてはしゃいでいた姿が、いまでも鮮やかに脳裏に甦ってくる。

《初美ちゃん、おめでとう》

上座に座った祖父が、酒に赤らんだ顔で声を掛ける。

《初美、お雛様みたいでしょう》

子供用の着物姿で器用に塗箸を使いながら、初美が顔をほころばす。

《本当に、美人さんになったわね――》
目を細めて、白髪の祖母も初孫を誉めそやし、香山に目を向けて続ける。
《――亮介さん、あっという間に、初美ちゃんが結婚する年頃になっちゃいますよ。そうしたら、どうなさいます》
昼の酒のせいで、かすかに酔った香山はすぐに言う。
《大歓迎ですね。この子が早く結婚してくれた方が、それだけ手が掛からなくて助かります》
《そんな強がりを言って。この人、口数こそ少ないものの、初美を猫っ可愛がりしているんだから》
母親と夫のやり取りに、傍らに座していた朱美が、笑いながら茶々を入れる。
妻の満面の笑み。
座敷の中に広がる笑い声。
その場の光景が、昨日のことのように、ありありと目に浮かんだ。
初美は、朱美が亡くなった後、香山の妹の富田幸子の養女にしてもらった。刑事という仕事柄、とても家庭を顧みている余裕がなかったからである。
そして、彼女はいまは大学三年生で、就職のための活動に入っている。時おり、捜査のために富田家の近くを通りかかるとき、香山は無性に立ち寄りたい衝動にかられる。しかし、いつも我慢していた。たまに電話で話す以外、親は子供の人生に干渉すべきでないと思っているからだった。

今夜あたり、自宅に戻って初美に電話を掛けてみようか。もしかしたら、好きな男性ができたかもしれない。香山は、ふとそう思った。

「行くか」

相楽の言葉で、香山は我に返った。

「ええ、そうですね」

玄関先で香山が訪いの声を掛けると、仲居らしき女性が顔を見せた。渋い柿色の着物に紺色の七宝繋ぎ柄の帯を締めて、前掛けをしている。

「何でしょう」

怪訝な顔つきをしている。まだ午前九時半過ぎなので、客が訪れる時間帯ではないという思いなのだろう。

「船橋署の香山と言います。こちらのご主人にお訊きしたいことがありまして」

警察手帳の身分証明書を呈示する。

「県警本部の相楽です」

隣で、相楽も身分証明書を示した。

「ちょっとお待ちください」

慌てた様子で、仲居が奥に引っ込んだ。

「いったい何でしょう」

ほどなく顔を見せたのは、五十がらみの背の低い女性だった。紫地の派手な柄の付け下げ姿で、金縁の眼鏡を掛けた平べったい顔立ちが、気の強そうな印象を与える。

「失礼ですが、こちらの女将さんでしょうか」

「ええ、そうですけど」

女将の瀬島恒子が、当たり前だと言わんばかりの口調で言った。

「二年前の倉田忠彦の傷害事件のことで、ご主人の瀬島五郎さんからお話を聞きたいと思い、お伺いしました――」

香山たちが身分を明かし、事件について改めて調べていると告げると、恒子は迷惑そうな顔つきを隠そうともしなかった。

「いまさら、あんな昔のことを、どうして調べる必要があるんですか」

「捜査上の秘密ですから、お答えするわけにはいきません」

香山は穏やかに答えた。

「しかたがないわね。――それで、あの事件のいったい何を知りたいんですか」

恒子が気忙しそうに言った。

「事件の被害者であるご主人の瀬島五郎さんから、直接お伺いしたいんですが」

その言葉に、恒子は一瞬憤然とした顔つきになったものの、二人をひと睨みすると、ものも言わずに引っ込んでしまった。

やがて、小太りの男性が現れた。身長は一メートル六十二、三センチほど。利休鼠色の着物に、濃紺の羽織姿である。歳は六十過ぎくらいか。髪が薄く、太った顔に対して、丸い眼鏡を掛けた目が小さく、おちょぼ口である。

「私が瀬島五郎ですが。どんなご用でしょうか」

揉み手をするような態度で、瀬島五郎が口を開いた。傲然とした女房とは対照的に、腰の低い物言いだ。

「二年前に起きた倉田忠彦による傷害事件について、もう一度教えていただきたいんです」

香山の言葉に、五郎が狼狽えるような顔つきを浮かべ、慌てて奥を振り返った。恒子のことを気にしているのだろう。

香山の耳に、市川署の二瓶警部補の言葉が甦った。

《料亭の主人然とした恰幅のいい人物だが、実は入り婿で、かみさんにまったく頭が上がらないんだとよ。よっぽど女房が怖いんだろうな》

「今頃になって、どうして、あの事件のことを穿り返すんですか」

瀬島五郎が困惑気味に言った。

「現在、船橋署が捜査している別の事件と関わりがあると思われるからです。ただし、その内容をお教えするわけにはいきません」

「私に何を訊きたいんですか」

「事件の起きた晩、あなたは自分の寝室で、加害者の倉田忠彦と酒を飲んでいたと証言なさっていますね」

「ええ、そうですけど」

「しかし、酒を飲むのに、寝室は不向きじゃないですか。まして、使用人を自分の寝室に通すというのも、いささか不自然な気がするんですけど。どうして、寝室で酒を飲まれたんですか」

瀬島五郎が黙り込んだ。視線が落ち着きなく揺れている。

「そ、それは、たまたまなりゆきで、そういうことになっただけですよ。それに、あんなことになるまでは、倉田とはうまくいっていましたから」

額に、うっすらと汗が光っていた。

「なるほど。ちなみに、倉田とは、どういう人物ですか」

訊きながら、香山は鈴木正三郎(すずきしょうざぶろう)の証言や、三宅(みやけ)たちが聞き込んで来た倉田忠彦の人物像を思い浮かべていた。物堅い真面目な性格。仕事一筋で、ほかに楽しみらしいものもない暮らしぶり。それでいて、感情の起伏の激しい人柄。友部雄二(ともべゆうじ)を叱りつけていたというエピソード。

「倉田は口数の少ない男です。真面目ですけど、とっつきにくいやつですよ」

オドオドとした様子で、瀬島五郎が言った。

「とっつきにくい？　何か原因でもあるんですか」

「さあ、よく分かりません。自分のことは何も話さない男でしたから。だからこそ、酒でも飲んで胸襟を開いてもらおうとしたんですけど――」

香山は、鈴木正三郎の口にしていた言葉を思い浮かべた。

《生まれは、勝浦と聞いています。ただし、小学生の頃に、両親を交通事故で亡くしたそうです。それに、妹が一人いると話していたことを覚えています》

保護司の鈴木正三郎が相手だからこそ、明かした己の過去だったのかもしれない。

そして、倉田の他人との深い付き合いを避けるような、孤独な暮らしぶりのことを、香山は思い浮かべた。もしかすると、倉田の過去に、その性格に影を落とすような出来事があったのかもしれない。三宅と増岡が石川節子から聞き出した証言では、一人で冷酒を飲むことだけが、倉田忠彦の唯一の息抜きだったらしい。だとしたら、単に勤めているだけの料亭の主人と、その寝室で酒など酌み交わすだろうか。

「酒の酔いが昂じて口論となったことが、あの事件の発端だったと伺いましたが、口論の原因は何だったんですか」

一番気に掛かっている問題点について、香山は切り出した。

だが、瀬島五郎は言葉に詰まったように黙り込んでしまった。着物の袂から日本手拭いを取り出し、しきりと額の汗を拭いている。

「どうですか」

相手の返答を促すつもりで、香山は言った。

「酔っていたんで、はっきりと覚えていないんですよ――」

瀬島五郎は諦めたように歯切れ悪く言うと、ふいに顔つきを変えて続けた。

「――事件の直後に、調べに当たった警察の方にもお話ししたことですから、詳しくは、その人から聞いてくださいよ。もう二年も前のことなので、記憶すらぼやけてしまいましたから」

予想していた反応だったが、香山の釈然としないという思いは、いささかも解消されない。

すると、相楽が口を開いた。

「事件が起きたとき、仲居の上条麗子さんが現場となった寝室に来たのは、いったいどうしてですか」

「そりゃ、私と倉田が揉めているのを聞きつけて、心配になったからでしょう」

「しかし、料亭の建物と自宅の寝室は、かなり離れていますよね。あなたたちが揉めている騒ぎが、料亭の方まで聞こえるものでしょうか」

言葉に詰まったように、瀬島五郎は何も答えようとはしない。

痺れを切らしたように、相楽が続けた。

「ちなみに、上条麗子さんは、どんな方ですか」

「どんなって言われても、まあ、気働きのできる、それなりに整った顔立ちの女性ですよ」

瀬島五郎が歯切れ悪く言った。

「つまり、美人ですね」

「ええ、まあ」

「お歳は？」

「三十半ばくらいかな」

「上条麗子さんは、いまもこちらにお勤めですか」

「い、いいえ、もう辞めました」

「いつですか」

「あの事件のすぐ後です」

ぶっきら棒に言うと、瀬島五郎が再び慌てて奥を振り返った。

「そうですか。だったら、上条麗子さんの自宅の住所を教えていただけますか」

瀬島五郎が羽織の袂から焦り気味に手帳を取り出すと、それを乱暴に開き、市川市内の住所を口にした。

香山は、その所番地を執務手帳にメモした。

二

その頃、三宅と増岡は補充捜査のため、再び館山市を訪れていた。

友部雄二について、死の三日前からの動静を調べることが二人の目的である。今回は、米良を通して館山署に捜査協力を申し入れてあった。

「亡くなる三日前くらいから、友部雄二は落ち込んでいたそうですが、それについての調べの結果は、どうだったんですか」

三宅が、不審死の捜査を担当したという三崎巡査部長に訊いた。館山署一階にある応接室のソファのローテーブルには、当時の捜査記録や、遺体や現場を撮影した写真が広げられている。

「落ち込んでいた理由については、両親や姉にも問い質しましたけど、三人ともまったく心当たりがないと話していました――」

三宅たちの向かい側に座っている三崎巡査部長が言った。顎の尖った顔で、かすかに目の吊り上がった四十歳くらいの長身の男である。ワイシャツも背広のズボンも、アイロンによる綺麗な折り目が行き届いており、生真面目そうな口ぶりだ。

「――もっとも、友部雄二は元々気の小さな男で、子供の頃から虐められて、よく落ち込んでいたとのことです」

「宿の従業員からも、話を聞いたんでしょうね」

「ええ、もちろん聞きました。石川節子は、心当たりがないと話していました。ただし、一つだけ気になる話をしてくれました。雄二が不審死を遂げる三日前のことですが、夜分に夕凪館の裏手で、板前の倉田忠彦が雄二の胸倉を摑んで、何やら激しく叱っていたというのです」

三宅と増岡は揃ってうなずく。石川節子からすでに耳にしている事実だった。

「それで、当然、倉田忠彦にも、その点について問い質したんですよね」

「ええ、もちろんです。しかし、宿の手伝いをしないと、両親が困ることになると説教しただけだと、倉田は言い張り、雄二が落ち込んでいた理由については、何も知らないと首を横に振っていました」

三宅はうなずき、言った。

「こちらの聞き込みでも、友部雄二は父親の友部喜久治と折り合いが悪くて、宿の手伝いをしないという証言を得ています」

「ええ、どうやらそのようですね。しかし、倉田が説教した理由は、ほかにもまだあったんです」

「ほかにもあったんですか」

三宅の驚いたような言葉に、三崎巡査部長が実直そうにうなずく。

「宿の主人の娘である杏子(きょうこ)が、近々結婚するんだそうです。そうなれば、人手が減ることになり、両親の負担が増えることになるでしょう。だから、夕凪館の長男として、しっかりしなければだめだと説教したというんです」

「えっ、友部杏子さんは、結婚なさるんですか」

増岡は思わず大声を上げてしまった。

三崎巡査部長が首肯した。

「杏子本人からも確認を取りましたから、間違いありません。相手は雄二の担任だった桜井修一(さくらいしゅういち)だそうです。——地元の人間じゃないおたくたちは、ご存じないでしょうが、桜井修一の実家は大そうな地主で、親戚(しんせき)筋には政治家もいるほどの家柄なんですよ」

増岡は、三宅と顔を見合せた。桜井修一といえば、西岡卓也(にしおかたくや)、清水道夫(しみずみちお)、それに友部雄二の高校三年のときの担任ではないか。

その様子を見ていた三崎巡査部長が、ふいに思い出したように付け加えた。

「そうそう、その聞き取りのときのことなんですが、友部杏子が妙な話をしていました」

「妙な話――どんなことですか」

増岡は身を乗り出した。

「結婚について聞き取りをしていたとき、彼女がふいに暗い顔つきになったんです。そして、桜井修一と結婚することを家族に報告したとき、雄二だけが少しも嬉しそうな顔をしなかったと零したんです」

「嬉しそうな顔をしなかった？　でも、桜井修一は、彼の高校三年のときの担任だったんでしょう」

「ええ、その通りです。だから、桜井修一が生徒たちから嫌われていたのかと私も思ったんですが、どうやら、そんなことはなかったようです。雄二の不審死のことで、ほかの同級生たちからも話を聞きましたけど、さして悪い評判はありませんでしたから。――もっとも、一人だけ、よく言わない者もいましたけど」

「それは誰ですか」

増岡は言った。

「田口雛子という女性です」

「その人は、桜井修一先生のことを、どう言っていたんですか」

三崎巡査部長が肩を竦めた。

「具体的な悪口を言ったわけではありません。ただ、むっつりとした顔つきで、桜井が嫌いだと吐き捨てるように言っていました。――まあ、いまどきの若い女性が何を考えているのか、私のような中年男には見当もつきませんけど」

「ちなみに、その方の住所は」

気になったので、増岡は敢えて訊いた。

「えーと、確か手帳にメモしてあったと思いますけど――」

言いながら、巡査部長は胸ポケットから革表紙の小型の手帳を取り出した。

「ああ、市川市――ですね」

その住所を、増岡は自分の執務手帳に記すと、言った。

「お手数でしょうが、倉田忠彦から説教された晩以降の友部雄二の動静について、分かっている範囲内で、なるべく詳細にお教えいただけますか」

「ええ、構いませんよ。――倉田から叱られたせいかどうかは分かりませんが、雄二はひどく落ち込んで、その翌日、一年近くも続けていた喫茶店のアルバイトを辞めてしまいました。雄二はそのアルバイト以外に、ほかに仕事をしていませんでしたし、友達もいなかったので、外出しなくなり、口数も少なくなっていたそうです。そして、亡くなった日の昼間、その様子を見かねた母親の松子が、夫の喜久治に内緒で、小遣を与えたと聞きました」

「小遣？　でも、友部雄二は二十歳だったんでしょう」

「ええ、確かに、小遣を貰うような年齢じゃありません。しかし、松子は雄二を溺愛していたんです。それがまた、夫の喜久治には面白くなかったらしいですけど。しかし、幾つになっても、息子を放っておけないというのが、母親の性なんでしょう。ともあれ、その小遣でプラモデルを買うために、雄二は午後一時頃に、夕凪館から出掛けました」

「プラモデル？」

三宅が、いささか呆れたという顔つきになっている。

「雄二の唯一の趣味だそうです。彼の部屋を家宅捜索したとき、机の脇に専用の棚が置かれていて、完成した戦車や戦闘機、戦艦のプラモデルがずらりと飾ってありました。ほかにさしたる取り得はなかったようですけど、手先だけは相当に器用だったようで、どれも細部まで実に丁寧に作り上げられていて、細かい部分に至るまで塗装が施されていましたっけ。私の目から見ても、見事な出来栄えでしたね。いわゆる、マニアの域だったんでしょう」

かすかに憐れむような口調で、三崎巡査部長は言った。

「雄二はその日、どこへプラモデルを買いに行ったんですか」

「君津のショップだそうです。そこに、彼の行きつけの店があります。ところが、館山から君津までなら、内房線を使えば片道一時間ほどで行けるはずなのに、雄二が家に戻ってきたのは午後六時頃だったそうです」

「どうしてですか」

三宅が口を挟むと、三崎巡査部長が肩を竦めた。

「それが、よく分からないんです。――友部雄二はその日に不審死を遂げたわけですから、もしかしたら、その不審死と関連した何かがあったのかもしれないと私も思い、君津のショップまで足を延ばして、聞き込みをしてみました。しかし、変わった点は何も確認できませんでした。応対した店員の話では、ドイツ軍の戦闘機のプラモデルと、二種類の色合いの違う赤系統のプラカラーを購入して、雄二がショップを出たのが午後三時過ぎだったとのことです」

「だったら、午後四時頃には、館山駅に着いていて当然じゃないですか。それから午後六時頃まで、彼はどこで何をしていたのでしょう」

増岡の言葉に、顎の細い三崎巡査部長がかぶりを振った。

「私も気になったので、館山駅へも行ってみました。駅に取り付けられている防犯カメラを確認すれば、乗降客の中に雄二の姿を見つけられると思ったからです。案の定、雄二が改札を抜けるところを捉えた映像が見つかりました。それが午後四時過ぎのことです。ところが、その後、午後六時頃に帰宅するまで、雄二は、駅前の道を行ったり来たりしていたんです」

「駅前を行ったり来たり？」

「ええ、どう見ても、何をするでもなく、ただ、そのあたりをうろついていただけなんです。その様子を確認したのは、駅前のベーカリーの軒先の防犯カメラに映っていた画像でなんですが。――ちなみに、その晩に彼が不審死を遂げたことから、その日の駅前の防犯カメラと、北条海水浴場近くのコンビニや店舗の防犯カメラのハードディスクの映像は、漏れなくビデオテープにダビングして、現在も庶務課に保管してあります」

巡査部長の言葉に、三宅が腕組みして考え込む。

増岡も、最初に館山駅に来たとき、改札の天井付近と、東口側の階段の上に、防犯カメラが取り付けてあったことを思い出していた。そして、これからどうすべきか思案しながら、テーブルに広げられた写真に目を向ける。その写真の中には、雄二の遺体を様々な角度から撮影したものが含まれていた。友部雄二は濃いグレーのTシャツに、細身のブルージーンズを身に着けた姿だった。目を瞑った死に顔。全身を写したもの。掌を写したもの。右手の人差し指と親指の指先に、赤い塗料が擦れたように付着している写真もあった。不審死を遂げた日、自分の部屋から抜け出す直前まで、作り上げたドイツの戦闘機のプラモデルに、昼間購入してきたプラカラーを塗っていたのだろう。

そのとき、三宅がおもむろに口を開いた。

「ちなみに、友部雄二の死について、率直なところ、担当者として、どうお考えですか」

三宅の質問に、三崎巡査部長が厳しい表情を浮かべた。

「かなり入念に調べてみましたが、友部雄二を殺害しなければならないような明確な動機を持った人物は、ついに発見できませんでした。むろん、例の連続婦女暴行事件との絡みで、自殺説も検討しましたが、あの事件の犯人のＤＮＡと、友部雄二のそれが一致しなかったことから、最終的には、事故死という判断に至ったというわけです。ですから、この結論を覆すものは、今後も見つからないんじゃないでしょうか」

歯切れの悪い言い方だったが、客観的な証拠や証言に依拠せざるを得ない警察官という立場上、やむを得ないのかもしれない。

そう思ったとき、増岡はふいに次の一手を思いついた。

三

上条麗子の自宅は、市川市市川一丁目の八幡神社の近くにあった。北側に京成本線が走っており、すぐ南側は千葉街道である。それを越えて、百メートルほどの位置に、総武線の市川駅がある。

香山と相楽が上条麗子の自宅を訪れたとき、午後五時半をとうに過ぎていた。青空が鮮やかさを失い、夕暮れ近い白っぽい色に染められている。

その家は古い生垣のある木造の平屋だった。生垣越しに細長い庭が眺められ、横に広い廊下のある昔ながらの日本家屋である。庭の端に、今どき珍しい木製の物干し柱が二本立っており、竹製の物干し竿が差し渡され、シーツが二枚、男物や女物の下着、それに鳴海絞の浴衣が三着干してあった。子供用の服や下着は見当たらなかった。

「大人三人だけの暮らしかもしれんな」

家の佇まいや庭を観察していた相楽が、ポツリと言った。関係者に聞き込みを掛ける場合、事前に家の様子や住人の暮らしぶりを子細に観察するのが、捜査の常道である。

「しかも、主導権は年寄りが握っているという感じですね」

香山は言い返した。寝間着にこの手の浴衣を好むのは、年寄りと相場が決まっている。

二人が玄関に回ったとき、ちょうど格子戸の前に三十半ばくらいの女性がいた。小柄で、白地に花柄の小紋を身に着けており、金茶色の帯は結び文柄だった。盛り上げるように束ねた豊かな黒髪を木製のバレッタで留めている。左腕にハンドバッグを掛けて、反対の手で自宅の錠を開け、格子戸を開けようとしていた。

「上条麗子さんですか」

背後から、香山は声を掛けた。

半開きになった格子戸に手を掛けたまま、女性が驚いたように振り返った。色白の瓜実顔だった。弓形の細い眉の下に、細筆で引いたような黒目がちの目が濡れたように光っており、鼻筋も唇も京人形のようである。

「ええ、そうですけど」

「船橋署の香山と言います」

香山は、警察手帳の身分証明書を呈示した。

「県警本部の相楽と言います」

隣で、相楽も身分証を示して名乗った。

その刹那、麗子が顔を強張らせるのを、香山は見逃さなかった。かすかだが、目が泳いだのである。

「麗子さん、どなたなの――」

家の廊下の奥から、別の女性の声がした。老齢の感じの声で、癇のきつそうな口調だった。

「お義母様、ちょっとご近所の方が見えただけですから、大丈夫ですので」

言いながら、上条麗子は格子戸を静かに閉めると、香山たちに手を合せて、顔をしかめた。大きな声を出さないでほしいという素振りであることは、一目瞭然だった。

香山と相楽は無言でうなずくと、門の外で話そうと仕草で伝えた。

上条麗子も無言でうなずき返した。

三人は、家の門の外で立ち止まった。

「ご主人のお母さんですか」

香山は言った。

「すみません。姑は口やかましい人ですから」

言い訳するように、上条麗子が言った。

「歳が行くと、誰でもそうなるものです。どうか、気になさらないでください。――私ども、二年前の倉田忠彦による瀬島五郎さんへの傷害の一件で、改めてお話を聞きたいと思い、お伺いしました」

「いまさら、どうしてそんなことを」

「私たちが現在手掛けている別の事件の捜査に関連する可能性があるからです。ただし、その内容については、何もお話しできません」

「そうだったんですか」

居住まいを正すようにして、上条麗子は言った。

「それでは質問させていただきます。あなたは、倉田が瀬島さんを包丁で刺す場面を目撃したそうですね」

「え、ええ――」

俯き加減のまま、上条麗子はぎこちなくうなずく。

「もう一度、最初から順を追って話していただけますか。まず、二人が寝室で酒を酌み交わしていたとき、あなたは、どこにいらしたんですか」

「それは、厨房だったと思います」

「何をなさっていたんですか」

「片付けをしていたんだと思います」

「しかし、厨房の後片付けは、仲居ではなく、板前の仕事でしょう」

「だったら、ほかの場所にいたのかもしれません。二年前のことなので、よく覚えていません」

「なるほど。ともかく一階にいたあなたは、瀬島五郎さんと倉田の揉める物音か声を聞いたわけですね」

「そうです」

視線を合せぬまま、上条麗子が首を縦に振る。

「上条さん、私たちは当時の捜査記録に目を通しましたが、瀬島五郎さんの寝室は自宅の二階の一番奥にあります。一方、料亭の建物は自宅横の別棟の一階です。つまり、かなり離れている。厨房にいたあなたに、寝室にいる二人の声や物音なんか聞こえないのではありませんか」

「もしかしたら、廊下を歩いていて、耳にしたのかもしれません」

上条麗子は視線を逸らしたまま言った。

そのタイミングで、相楽が質問した。

「ともかく、あなたは二人の諍いを聞きつけて、二階の寝室へ行ったわけだ。そして、倉田が瀬島さんを包丁で刺すのを目撃した。これに間違いはありませんか」

「ええ、その通りです」

「それは変だ」

「えっ」

顔を上げた上条麗子が目を大きくし、表情を強張らせた。

「瀬島五郎さんと倉田忠彦は酒に酔っていて、些細なことから言い争いになったと証言しています。しかし、その後、立腹した倉田は厨房に取って返して、イワシを捌くための出刃包丁を持ち出して、瀬島さんの寝室に戻ったと自供しているんですよ。つまり、二人の怒鳴り合う声を聞いて、あなたがそのまま寝室に向かったとすれば、二人がまだ怒鳴り合っている最中か、あるいは、血相を変えて厨房へ向かっている倉田と出くわしたはずじゃないですか」

だが、上条麗子は視線を逸らしたまま、もはや何も答えようとはしなかった。

香山は口を開いた。

「それなら、別のことをお訊きします。立ち入ったことで恐縮ですが、《角谷》で働いていらしたとき、結婚なさっていましたか」

つかの間、質問が理解できないという顔つきになったものの、上条麗子は小さくうなずいた。

「ええ、結婚していました」

「共働きだったということですね」

彼女は沈黙したものの、やがて口を開いた。

「夫は体を壊していますから、私が働かなければならないんです」

「事件の後、《角谷》をお辞めになったと聞きましたが、その理由は？」

「理由は別にありません」

一転して、素早い返事だった。

香山は相楽と顔を見合せると、彼女に言った。

「今日のところは、これで失礼します」

そして、上条麗子に軽く低頭すると、相楽とともにその場を離れた。


上条麗子の家を辞した直後、香山は足を止めて、相楽と向き合った。空が茜色に染まり始めている。

「少し聞き込みをしてみませんか」

相楽がうなずいた。

「俺も同じことを考えていた。上条麗子にも、何か隠していることがあるみたいだからな」

うなずくと、香山は隣家に近づき、呼び鈴を押した。

四

三宅と増岡は、館山署の庶務課の部屋で、ビデオのモニターに見入っていた。

　二人が確認していたのは、友部雄二が不審死した七月二十八日の防犯カメラのハードディスクからダビングしたビデオテープだった。確かに、館山駅東口を出て、すぐ左側にあるベーカリーの軒下に設置された防犯カメラが捉えた映像の中に、友部雄二の姿が映っている。彼は思い詰めたような顔つきで、斜め左側の道を行ったり来たりしているのだ。

「いったい何をしているんだろう」

　巨体を屈めるようにして、十四インチのモニターの画面を覗き込んで、三宅が首を傾げた。

　増岡にも、その行動の意味が理解できない。友部雄二は遺体を撮影した写真と同じように、濃いグレーのTシャツに、スリムなジーンズというなりで、肩に帆布製の袋を下げている。あの袋の中に、君津のショップで購入したドイツ軍の戦闘機のプラモデルと二種類の赤いプラカラーが入っているのだろう。プラモデル作りが唯一の趣味なら、どうしてさっさと帰宅して、製作に取り掛かろうとしなかったのだ。

　だが、その時、モニターを見ていた三宅が素っ頓狂な声を張り上げた。

「あっ、こいつ清水道夫じゃないか」

　と、画面の中の別の人物を指差した。

「清水道夫？」

言われて、増岡もようやくその存在に気が付いた。高速バスの待合室の陰から、清水道夫が顔を覗かせている。その様子は、雄二を盗み見しているようにしか思えない。場所は、館山駅東口から見て、斜め左側である。白いポロシャツにジーンズという恰好で、背中に塩化ビニール製らしき真っ赤なディパックを背負っている。しかも、その顔つきは、自宅で顔を合せたときの澄ました様子とは違っていた。いささか距離があるので、細かい表情までは見分けられないものの、眉間に皺を寄せて、表情を曇らせているように増岡には思えた。

「これは、いったいどういうことなんだよ」

困惑気味の三宅の言葉の意図を、増岡は察した。二人は高校時代の同級生なのだから、気軽に話しかければいいではないか、と言いたいのだろう。増岡は言った。

「確かに、妙ですね」

「どうするよ？」

三宅が言い返す。

「ここで画面を見ているだけじゃ、埒が明かないと思います。雄二さんがうろついていた場所に、私たちも立ってみましょうよ。そうすれば、彼が何をしようとしていたのか、見当が付くかもしれません」

「なるほど、名案だ」

二人は、すぐに椅子から立ち上がった。

五

「麗子さんのご主人は、入院されていると聞きましたけど」

髪を茶色に染めた中年女性が、声を潜めるようにして言った。緑色のワンピースを着た、小太りの女性である。

「なるほど、ご病気ですか」

言い返す相楽を、香山は見つめる。二人は、上条麗子からの聞き取りを済ませた後、彼女とその暮らしぶりについての聞き込みに取り掛かったところだった。この家は、上条家のちょうど裏手に位置している。

「ええ、どんな病気かまでは存じ上げませんけど、どうやら長患いのようですよ。もう三年くらい、ご主人のお姿をお見かけしませんから――」

そう言うと、中年女性が慌てたように付け加えた。

「――二階で洗濯物を干していると、嫌でも上条さんの家の庭を見下ろす形になるじゃないですか。以前は、庭でご主人がよくゴルフのクラブを振っていらしたんですよ。背が高くて、俳優さんみたいに整った顔立ちの方でね」

「なるほど、塀を挟んで家が接しておられれば、見かけられても当然でしょうね」

相楽が鷹揚にうなずく。

「ときに、お姑さんは、どんな方ですかね」

「敏江さんですか」

「敏江さんとおっしゃるんですか」

「ええ。敏江さんはとっても気難しい人ですよ。うちの庭のナニワイバラが少しでもお隣の庭へ枝を伸ばすと、すぐに血相変えて、文句をつけに来るくらいですから」

腹に据えかねているらしい口ぶりだった。

「だったら、お嫁さんとしても、さぞ気苦労なことでしょうね」

さりげなく、相楽が合の手を入れる。

すると、掌で空を叩く素振りをして、中年女性が続けた。

「そうなんですよ。——ご主人が入院される前のことですけど、揉めている声が聞こえたんですから」

「揉めている声？」

「浮気ですよ——」

あたりを憚るように、中年女性は声を潜めながらも強調した。

相楽が香山と顔を見合せる。

すると、彼女が続けた。

「ご主人が浮気をして、それが麗子さんに見つかったらしいんです。ところが、敏江さんが麗子さんに逆切れして、女房としての尽くし方が足らないからだなんて、金切り声で叫んでいたんですからね。本当に、どうかしていますよ」

「それは、一度だけですか」

相楽の言葉に、中年女性が渋い顔つきになり、かぶりを振った。

「嫁いびりなんて、しょっちゅうですから。きっと息子さんから子離れできないんでしょうね。そのくせ、麗子さんが働きに出なければ、やっていけないらしいんですから、他人事ながら、呆れちゃいますよ」

それから、さらに幾つか質問を重ねた後、二人はその女性に礼を述べて、玄関先から離れた。

「どう思う」

相楽がすぐに口を開いた。

「薄幸の佳人と言ったところですかね」

香山は言った。

「同感だ。しかし、そんな彼女の立場や人柄が、倉田忠彦の起こした傷害事件とどう関わって来るかは、はっきりせんな」

香山がうなずいたとき、ズボンのポケットの中の携帯電話が鳴動した。取り出すと、着信画面に《三宅》の文字が映っていた。

「香山だ、どうした」

《友部雄二の動きが、ほぼ判明しました——》

携帯電話から三宅の声が流れ、友部雄二の動静の説明が始まった。友部雄二は亡くなる三日前から落ち込んでいたが、理由は不明であること。倉田に胸倉を摑まれた翌日、ずっと続けていた喫茶店のアルバイトを、電話を掛けて辞めてしまったこと。友部杏子が雄二の元担任の桜井修一と結婚する予定になっていること。その結婚話に、家族の中で雄二だけがいい顔をしなかった点を付け加えた。さらに、桜井修一について、一人だけ嫌っていた田口雛子の存在についても、三宅がその住所を含めて説明した。

「ちょっと待て、杏子の結婚話に、雄二だけがいい顔をしなかっただと」

《ええ、そうなんです》

香山の言葉に、三宅が応えた。

「気になる話だな」

《私もそう思います。それから、溺死した日の昼間、雄二は母親から小遣をもらって、君津のショップへ行き、戦闘機のプラモデルと色合いの違う赤いプラカラーを二種類

購入しています。ところが、そこからが問題なんです》
「問題とは、何だ」
《雄二は午後四時過ぎには館山駅に戻ってきたのですが、その後、ずっとある場所で二時間近くもうろうろしていたんです》
「どこだ」
《交番の近くです》
「交番？」
《ええ。館山駅の東口から見て斜め左側に、ロータリー沿いに交番があるんです。雄二はその近くをずっとうろうろしていたのが、少し離れたベーカリーの軒下に取り付けられていた防犯カメラの画像に残っていたんです。友部雄二の不審死について調べた館山署に、この日の館山駅周辺と北条海水浴場周辺に設置されている防犯カメラのハードディスクからダビングしたビデオが保管してあったのが幸いしました》
香山は考え込んだ。友部雄二のその態度は、見ようによっては、出頭しようかどうか迷っていると捉えることができるかもしれない。しかも、彼には、船橋と館山で起きた連続婦女暴行事件との関連が疑われていたのだ。
傍らで、相楽が険しい表情を浮かべている。
そのとき、三宅の言葉が続いた。

《しかも、その雄二を、こっそりと覗き見している人物がいました》
「誰だ」
《清水道夫です。交番の右脇に、高速バスの待合室があるんですけど、その陰から顔を出して、雄二の動きをじっと見つめていたんです》
「清水道夫というのは、確か、殺された西岡卓也と親しかった同級生だったな」
《ええ、白いポロシャツに、下はジーンズ、背中に塩化ビニール製と思われる真っ赤なデイパックを背負った姿でした》
「気になるな。その人物についても、少し調べてみてくれ」
《了解しました》
「三宅、こっちも妙なことが見えて来たぞ」
《いったい何ですか》
「二年前に倉田が起こした傷害事件だが、被害者の瀬島五郎も、目撃者の上条麗子も、事件のことを、はっきりとは話したがらない。しかも、瀬島五郎と面談して気が付いたのだが、包丁で刺された瀬島五郎の傷は太腿(ふともも)の付け根に近い下腹部だった。ところが、倉田忠彦は身長が一メートル八十センチであるのに対して、瀬島五郎の方は一メートル六十ちょっとだぞ。頭一つほども長身の倉田が、小柄な瀬島五郎相手に出刃包丁を振るって、そんな体の下の部分に傷を負わせるものだろうか」

《つまり、傷の位置が不自然だということですか》

「揉み合っていた状況次第では、そんな部分を刺す可能性がまったくないとは言い切れんが、不可解な点ならもう一つある」

《まだあるんですか》

「倉田が瀬島を刺したところへ、上条麗子が来合せたという点だ。倉田は取り調べに対して、瀬島五郎の寝室で酒を飲んでいたとき、些細なことから諍いとなり、怒鳴り合いの挙句に、厨房へ取って返して、イワシを捌く出刃包丁を手にして、寝室に戻って凶行に及んだと自供した。一方、目撃者となった上条麗子は、二人の怒鳴り合いを耳にして、寝室へ行ったと話している」

《なるほど、倉田忠彦の自供内容と、上条麗子の動きが一致しませんね》

「その通りだ。しかも、上条麗子はかなり小柄だぞ」

《だったら、ひょっとして、傷害事件の本当の加害者は――》

「三宅、まだ早まるな。ともかく、市川署の調べには、いささか杜撰なところがあるし、そのことを担当した二瓶警部補も自覚している節がある。それでいて、事件に早々の決着を付けたかったという感じだった」

《どうしてですか》

憤慨したような三宅の声が響いた。

「その警部補が口を滑らせたことだが、被害者の女房の恒子が原因かもしれん。彼女の父親は地元の中堅の建築会社のオーナーで、市川署の署長とも懇意だそうだ。被害者の証言と、加害者の自供、それに凶器や目撃証言も揃っていたから、それ以上、穿り返したくないという暗黙の力が働いたのかもしれんぞ」

《忖度(そんたく)ってやつですね》

一転して、三宅のいつもの悪戯(いたずら)っぽい口調が返ってきた。

「おそらく、そうだろう。ともあれ、倉田は傷害事件についても、何かを隠している可能性がある。引き続き、調べを頼む」

《分かりました》

通話が切れた。

「どうした」

待ちかねたように、相楽が訊いた。

「部下の三宅たちが、妙なことを嗅(か)ぎ付けました――」

香山は、三宅からの報告を相楽にかいつまんで説明した。

相楽の目に、鋭い光が浮かんだ。

「いよいよ、きな臭い感じになって来たじゃないか」

「同感ですね。いまのところ、撲殺された西岡卓也と友部雄二の不審死には、直接的な繋がりは浮上していません。しかし、西岡卓也と友部雄二、それに清水道夫は高校三年時に同級生でした。その友部雄二には、連続婦女暴行事件との関わりの疑いが掛けられており、その内偵中に不審死を遂げたわけですが、その死の当日の午後四時過ぎに、交番近くをうろつく友部雄二を、清水道夫が盗み見ていたわけです。これらの事実に何か繋がりがあったとしたら、私たちがいま目にしている事件は、その表面の一部でしかないかもしれません」

「なるほど。しかも、そこにさらに倉田忠彦が一枚嚙（か）んでいる可能性もあるし、二年前の傷害事件にも、納得し難い部分が残されているというわけか。香山さんよ、これからどうする」

「田口雛子に会ってみませんか」

「それは誰だ？」

　相楽の言葉に、香山は三宅から聞いた話を説明した。

「なるほど、桜井先生について、一人だけいい顔をしなかった同級生か」

「ええ。友部雄二も家族の中で、姉の杏子と桜井修一先生の結婚に一人だけいい顔をしなかったのですから、共通する何かを知っているかもしれません」

「同じ市川市内なら、都合がいい。不在の可能性もあるが、駄目もとで行ってみようぜ」

二人は歩き始めた。

六

「清水道夫くんのこと？」

館山署の三崎巡査部長が、目を細くして、三宅たちを睨んだ。午前中、友部雄二の不審死の捜査について話を聞いた同じ相手でありながら、態度が一変していた。

七月二十八日の午後四時過ぎ以降、館山駅から少し離れた交番近くで不審な行動を繰り返す友部雄二を盗み見ていた清水道夫について、改めて《鑑》を取るために、三宅と増岡は所轄署に立ち戻ったところだった。

「ええ、この管内で、何か問題を起こしたことはありませんかね」

三宅の言葉に、三崎巡査部長が間髪容れずに言った。

「おいおい、おたくたちは、何を言っているんだ。そんなこと、あるわけがないでしょう。清水道夫くんは、今どき珍しい好青年なんですよ。だいいち、彼の父親がどういうお方か、知らないんですか」

「確か、代議士だとか」

「ええ、その通りです。地元出身の立派な名士で、警察にも多大なご協力を賜っています」

「ご協力？」

三宅が首を傾げると、三崎巡査部長が大きくうなずく。

「警察署協議会の委員に就任されていたことがあるということですよ」

警察署協議会とは、警察署の業務運営に民意を反映させるために、地域住民から意見を聞く諮問機関である。当然、社会的に極めて信用の高い人物が委員に選ばれることは、言うまでもない。

呆れ顔でため息を吐くと、三崎巡査部長が続けた。

「そのうえ、午前中におたくたちに話した友部杏子が結婚する桜井修一のことですけど、彼の母親と清水道夫くんの母親は、実の姉妹なんですよ」

「そのことだったんですね、桜井家に政治家の親戚がいるっていうのは」

「ええ、そうです。そんな一族の者に、おかしな点があるわけがないでしょう。――おたくたちは、例の西岡卓也殺しの捜査を担当しているんじゃなかったんですか」

「ええ、そうですが」

三宅が誤魔化すのを、増岡は無言で見つめる。捜査協力を依頼しているとはいえ、手の内のすべてを曝け出すことはできない。

「まさか、何か不審な点でもあるんですか」

三崎巡査部長が、疑わしいという目つきで言った。

「いいえ。ただ、西岡卓也の親しい友人として、清水道夫の名前が挙がったものですから、ちょっと」

そう言うと、三宅は増岡をうながした。

「どうも失礼しました」

言うと、形ばかりの礼をして、二人はそそくさと館山署を出た。

「どう思うよ」

玄関を出たところで、三宅が足を止めると、渋い顔つきで口を開いた。

「何だか、やけにガードが固い感じですね」

館山署の建物を振り返って、増岡も言った。

「相手がお偉いさんの関係者となると、途端に態度が変わるっていう感じだな。チェッ、長いものには巻かれろってことか」

「それに、桜井家と清水家が近しい親戚関係にあるということにも、いささか驚きましたね」

「地方都市ってものは、地縁や血縁が濃いからな」

「ええ、私も実感しました。でも、親が代議士だとか、土地持ちの親戚がいるからって、それで清水道夫の人間性の保証にはならないでしょう」

「当たり前だ。だいいち、あいつの自宅で顔を合せたとき、俺はひどく鼻持ちならないものを感じたんだからな」

「鼻持ちならない？」

増岡が言うと、三宅が深々とうなずく。

「臆面（おくめん）もなく、いいとこのボンボンぶりやがって、そのうえイケメンときてやがる。おまえは覚えているか、俺が、あいつのアリバイを訊いたら、《昨日、東京から遊びに来たっていう三人の茶髪の女の子たちをナンパして、連絡先を聞いてあるから、彼女たちから確認を取った方が確実でしょう。海水浴場近くのリゾートマンションに滞在しているって話していましたから。僕の友人だと、アリバイを偽証していると疑われかねませんからね》なんて、いけしゃあしゃあと言いやがったんだぞ。まったく、ふざけたクソガキだ」

「三宅さん、清水道夫がナンパに成功したからって、腹を立てている場合じゃないですよ」

増岡は言った。

「はあっ？　俺が、清水道夫のナンパの成功に腹を立てているだって。馬鹿を言うんじゃない。警察官の質問には、もっと真面目に答えろと言いたいだけさ」

どっちでも同じじゃない。増岡はそう思ったものの、これ以上、三宅を興奮させても意味はないと思い直して、言った。

「こうなったら、清水道夫について、手当たり次第聞いて回りましょうよ」

「ああ、絶対に何か尻尾を摑んでやる」

三宅が憤然と歩き出した。

その後に、増岡も従った。

七

田口雛子の家は、千葉県市川市新田三丁目にあるはずだった。

三宅からの連絡のメモを頼りに、電信柱や民家の住居表示を確認しながら、香山は相楽とともに日の暮れた住宅街で足を急がせていた。そこは、総武線の市川駅と本八幡駅のちょうど中間点を、南南西に四百メートルほど行った界隈だった。位置関係から鑑みて、さらに四、五百メートルほども足を延ばせば、江戸川の河川敷に突き当たるはず。小さな戸建て住宅や四階建てくらいの小規模なマンション、それに小さな事業所が混在している界隈である。

こんなときに増岡がいれば、スマートフォンのナビを器用に使って、難なく目的地に達することができるだろう。だが、香山はその手のものが不得手なのだ。その点は、扇子を煽ぎながら肩を並べている相楽も同じらしい。

「おい、このアパートじゃないか」

相楽が足を止めて言った。

香山も立ち止まり、四階建ての細長いアパートを見上げた。

一階はコンビニ。鉄筋モルタル造り。外壁の汚れ具合とコンクリートの罅から、たぶん築十年から十五年くらい。建物の正面に、物干し場のある狭いベランダが三列で続いている。元々は民家か木造の事業所だったのかもしれない。それを建て直して、一階をコンビニにしたという感じだった。

香山と相楽は、建物右横の路地に足を踏み入れた。裏側に上に続く階段があった。

かすかに息を弾ませて、先に階段を昇る相楽が言った。

「確か、二〇二号室だったたな」

「ええ、そうです。表から見たとき、二階の真ん中の部屋に、明かりが灯っていましたから、田口雛子は在宅していると思います」

「さすがは香山さんだ、観察に抜かりがないな」

二人は二階の中廊下を通り、二〇二号室の前に立った。

ドアは深緑色。鉄製で、レバー型のドアノブが取り付けられている。鍵穴は二か所。両隣のドアとの幅がそれほど広くない。たぶん、一ＬＤＫくらいの部屋だろう。表札に、《TAGUCHI》と印字されたカードが嵌め込まれていた。

香山はインターフォンのボタンを押した。

《はい、どちら様ですか――》

かすかに間があって、インターフォンから女性のやや低い声が響いた。

インターフォンのマイクに口を近づけて、香山は言った。

「夜分に済みません。警察の者です。船橋署の香山と言います。こちらの田口雛子さんに、少しお話を聞きたいと思い、お伺いしました」

《私が田口雛子ですけど、警察が聞きたいことって、どんなことですか》

気の強い感じの物言いだった。

「桜井修一さんのことです。高校三年のときの担任だったそうですね。それ以外に、同じクラスにいた、友部雄二さんについても、質問したいことがあります」

インターフォンが沈黙した。

やがて、チェーンを解く音がして、二つの錠を外す音が続き、ドアが開いた。

「田口ですけど」

顔を出したのは、小柄な女性だった。上下ともグレーのスウェットを身に着けており、おかっぱ頭で、化粧っけがない。若い女性にしては、目つきが鋭い。

正直なところ、年齢不詳だな、と香山は感じたものの、その思いを顔に出さずに、警察手帳の身分証明書を示した。

「船橋署の香山と申します」

横に佇んでいた相楽も身分証明書を呈示する。

「県警本部の相楽と言います」

二人を品定めするように交互に見つめると、田口雛子がうなずき、臆す様子もなく言った。

「桜井の何について、話を聞きたいんですか」

その態度に、香山は思わず相楽と顔を見合せた。

だが、相楽がすぐに言った。

「単刀直入に申し上げましょう。私どもは、あなたが高校三年の時に同じクラスだった西岡卓也さんの殺人事件を調べています」

田口雛子の顔つきが強張った。

「新聞記事をお読みになったんですね」

「ええ、父から、新聞だけは隅から隅まで読むようにと、子供の頃から耳に胼胝ができるほど言われていますから」

「それで、記事をご覧になって、どう思われました」

「驚きました。——でも、可哀想だとは思いませんでした」

「どうしてですか」

「嫌いだからです」

間髪容れず、田口雛子が言い切った。

「どうして嫌いなんですか」

「理由を言う必要はないでしょう。私の個人的な感情です」

相楽が再び香山に顔を向けたものの、すぐに彼女に視線を戻した。

「それなら、質問を変えましょう。友部雄二さんの不審死を調べていた刑事に、桜井修一先生のことを嫌いだと言ったそうですね。どうしてですか」

だが、田口雛子は何も答えず、黙り込んでしまった。

どうやら、かなり頑固な相手らしい、と香山は思った。それに、必要以上に、他人に対して身構える性格かもしれない。

相楽が質問を続けた。

「友部雄二さんとは、お友達でしたか」

「いいえ、話したこともありません」

取りつく島もない言い方だった。

相楽が苛立ったようにさらに口を開こうとした刹那、香山は思わずその腕を押さえる。

相楽が顔を向けた。

香山は無言でうなずく。

相楽が身を引く。

香山は田口雛子に視線を向けて、わずかに身を乗り出して言った。

「これは、本当は話してはまずいことかもしれませんが、桜井修一さんは、近々結婚されるそうです。そのお相手は、亡くなられた友部雄二さんのお姉さんなんですよ」

初めて驚きの表情を浮かべると、田口雛子がつぶやいた。

「そんな馬鹿な――」

だが、その言葉にかまわず、香山は続けた。

「しかも、桜井修一さんと姉の結婚話に、家族の中で友部雄二さんだけが、いい顔をしなかったそうです。つまり、彼もまた、何らかの理由で、桜井修一さんを快く思っていなかったとしか考えられません。そして、西岡卓也さんの殺害と、友部雄二さんの海における不審死には、何らかの関連があるかもしれないんです――」

言うと、香山は、相手の目を覗き込んだ。田口雛子の視線が、落ち着きなく揺れている。彼はおもむろに続けた。

「――田口さん、あなたが西岡卓也さんの死を悼む気持ちになれない理由は、私には分かりません。家が金持ちで、頭もいい。そのくせ、お調子者で、羽目を外しがちな男。しかし、友部雄二さんは、それとは真逆だったと言えるんじゃないですか。その彼が、あなたと同様に、桜井修一さんを快く思っていなかった。あなたなら、その気持ちが、分かるんじゃありませんか」

香山は言葉を切った。

すると、田口雛子が意を決したように口を開いた。

「私が桜井のことを嫌いなのは、担任だったくせに、クラスで起きていた虐めを見て見ぬふりをしたからです」

彼女は目を細め、歯を食い縛るような顔つきになっていた。

「クラスで起きた虐め？　誰がそんなことをしたんですか」

「西岡と清水の二人です」

香山は息を呑み、相楽と顔を見合せた。

すると、田口雛子が続けた。

「驚いたでしょう？　あの二人は優等生面の裏で、陰湿な虐めを繰り返していたんですから」

「あなたも、虐められていたんですね」

「ええ。あいつら、男子でも、女子でも、見た目のいい生徒や金持ちの生徒には親切だったけど、私みたいなブスや、貧乏人の男子には、掌を返したようにひどい仕打ちをしていたんです」

「あなた自身は、どんなことをされたんですか」

「怪我を負わされました。病院に行かなければならないほどの」

挑むような目つきで、田口雛子は言った。

その言葉で、香山は目の前の女性の態度に得心がいった気がした。嫌なことや辛い思いを繰り返し経験することで、人間は簡単に心を閉ざして、固い殻の中に閉じこもるようになるのだ。

「友部雄二さんは、どうでした」

「彼も、ひどいことをされていたみたいです」

「具体的には、彼は何をされたんですか」

「あいつらは、虐めていただけじゃなくて、友部君をパシリにして、こき使っていたようです」

「パシリ——使いっ走りということですか」

「使いっ走りというより、俺たちの奴隷だって、私を虐めたときに、西岡がニヤニヤ嗤いながら自慢していました。友部君の家の一階に、彼の部屋があるんだそうですけど、その窓ガラスに小石をぶつけると、友部君は家族にも知られないようにして、窓から部屋を抜け出して、近くの浜へ駆けつけて来るんだそうです。それから、あいつらは友部君を脅して、《内房なぎさライン》沿いにあるコンビニに、いやらしい雑誌やビールを買いに行かせるって笑っていました。それでも、友部君は少しも逆らえないんですって。その理由までは言いませんでしたけど、口ぶりから、友部君の弱みを握っていたんじゃないかと思います」

一気呵成とい う調子で、田口雛子は言った。肩が上下している。感情の昂りのせいで息苦しくなったのだろう。だが、一旦堰を切って溢れだした思いが抑え難くなったのか、彼女はさらに続けた。

「しかも、私たちが虐められていることを、ほかの同級生たちだって勘付いていたはずなのに、みんな見て見ぬふりをしていました。一番悪いのは清水道夫で、西岡卓也はその忠実な手下だということも。だから思い余って、職員室で桜井に訴えたんです。そうしたら、慌てて別室に連れて行かれて、勘違いに決まっているから、騒ぎ立てないようにと逆にお説教されてしまったんです――」

言うと、ふいに田口雛子の目が赤く潤み、唇を震わせて黙り込んだ。

しばしの間、香山には掛ける言葉がなかった。どれほど悲痛な思いで、清水や西岡からの虐めに堪えてきたのだろう。そのうえ、助けを求めた担任教師から、逆に口止めされて、虐めの事実を有耶無耶にされたとき、目の前のこの女性が感じたであろう絶望と憤りは、こちらの想像をはるかに超えるものだったのではないだろうか。

虐めに遭った子供の自殺が、しばしばマスコミを騒がせる。しかし、それくらいのことで、どうして自殺なんかするんだ、と冷めた見方をする多くの声が聞かれることも事実だ。しかし、それは当事者の痛切な苦しみに対する想像力の欠如にほかならない、と香山は思う。それは、自分の保身のために人の命を奪っておきながら、警察に捕まらないかぎり平然と暮らしていける凶悪犯の性根の腐った居直りの意識と、ほとんど違いがない、とさえ感じられる。声もなく涙を滴らせている田口雛子に、香山は静かに言った。

「桜井先生は、どうしてそんなことをしたんでしょうね」

無言のまま、田口雛子がかぶりを振る。

だが、彼女の告白によって、杏子と桜井修一の結婚話に、友部雄二がいい顔をしなかった理由に、香山は合点がいった。彼は、ポケットから白いハンカチを取り出すと、静かに差し出した。

田口雛子がかすかにうなずき、ハンカチを手に取った。

「本当のことを話してくれて、ありがとう。あなたの勇気を、私たちは絶対に無駄にする気はありません。今日は、これで失礼します」

その言葉に、ハンカチを目に当てていた田口雛子が、初めて声を上げて嗚咽を漏らした。

香山は、相楽とともに踵を返した。

アパートの階段を下りて、コンビニの前まで来たとき、相楽が口を開いた。

「本当に、瓢箪から駒という展開になってきたな」

香山は止めていた息を吐くと、言った。

「ええ、人は見かけによらないと言いますけど、優等生の仮面を被った邪な連中がいて、その片割れが撲殺されたとなれば、確かに、きな臭いことこの上ないですね」

「これから、どうする」

「とりあえず、係長に連絡を入れます」

香山は携帯電話を取り出した。そして、二重の丸い目と、厚い唇と色黒のエネルギッシュな米良の姿を思い浮かべながら、電話帳の番号を呼び出して発信した。

八

「おい、本当にこの店で間違いないんだな」

セブンスターを喫っていた三宅が、危ぶむように言った。

「たぶん、間違いないと思いますよ」

増岡は言い返した。二人の背後に、国道一二七号線こと館山バイパスが走っており、すっかり日が暮れた暗い道路を、無数の車がかなりのスピードで行き交っている。付近には煌々と照明の灯った大型のパチンコ店、ホームセンター、それに回転寿司のチェーン店などがある。

二人が見上げているのは、白い外壁に大型ガラスが嵌め込まれていて、店内が丸見えになった大型衣料品店だった。店舗の壁に、赤地に白抜きのアルファベットのマークが掛けられている。地元密着型の衣料品店の老舗である。隠れた人気ブランドなので、増岡はネットを通して知っていた。

増岡がこの店に目を付けたのは、防犯カメラに映っていた清水道夫が身に着けていた服がヒントだった。白いポロシャツの左胸の刺繍されたロゴマークが、小さくてはっきりとはしなかったものの、襟のデザインが特徴的なので、この店のそれのような気がしたからである。清水道夫は家が金持ちのうえに嫌味なほどの二枚目なので、ブランドにこだわっているのかもしれない。そこで、スマホで市内の店舗を検索したところ、国道一二七号線の《湊》という交差点近くに、その店があることが判明した。

これまでほかの業種の店舗で清水道夫について聞き込みをしたものの、さしたる収穫はなかった。増岡や三宅が、清水道夫の名前を出した途端に、相手が警戒するような顔つきになり、ほとんど相手にしてもらえなかったからである。

二人は改めて思い知った気がしていた。清水道夫の父親は、地元出身の有力な代議士なのだ。この辺りのほとんどの店舗や事業所は、その父親の後援会に入っていると考えざるを得ない。そして、政治家の常として、ゆくゆくは自分の地盤を継がせるために、父親は息子の道夫についても、後援者たちに顔見世をしているはずだ、と。

しかし、中にはわずかだが、苦虫を噛み潰(つぶ)したように顔をしかめた人も含まれていた。その中の一人に至っては、「あれは本当に困ったガキだよ」とつぶやいたきり、それ以上何も言おうとしなかったのである。どうやら、誰もが胸の裡(うち)では眉を顰(ひそ)めながら、清水道夫についての本音を口にできないらしい。

同じことを考えたのか、三宅が言った。

「しかし、ここでも、あいつの名前を出した途端に、警戒されるのが関の山だぞ」

「だったら、模範的な青年の服装について調べていることにしたら、どうですか。どうせ私たちが警察手帳の身分証明書を見せたって、相手はどこの署員かなんて、気にしませんよ」

増岡が言うと、三宅が啞然(あぜん)とした顔つきになった。

「嘘を吐くってことかよ」

「ええ、そうです。だって、三宅さん自身が、おっしゃったじゃないですか。《現場の刑事には臨機応変の判断が必要だって、香山主任がいつもおっしゃっているじゃないか》って」

三宅が盛大に煙草の煙を吐くと、短くなったセブンスターを歩道に投げて、革靴の爪先でもみ消した。

「嘘がばれて、後で係長からどやされても、知らないぞ」

「いいえ、私たちが黙っていれば、絶対に分かりっこないですよ」

言うと、増岡は店に足を踏み入れた。

後から、三宅も慌てて続いた。


「清水さんのところの息子さんなら、この店にもよくお見えになりますよ」

整然としたレジカウンターの向こう側で、上品な背広姿の男性が言った。

店内の半分ほどは、背広やジャケットなどが並べられているものの、残りのスペースには、規格が統一された棚や釣り棚が、隙間なく配置されており、主に若者向きのジーンズやTシャツ、ショートパンツなどが畳まれて、棚に整然と積み重ねられ、釣り棚にもぶら下げられている。中央部の低い台には、カラフルな服を着せられた目鼻のないマネキンがずらりと飾られていた。

「こちらで、どんなものを購入されるんでしょう」

増岡は言った。

隣で、居心地の悪そうな顔つきの三宅が、ショッキングピンクのTシャツを触っている。

「そうですねえ、スキニーとか、Tシャツ類が多いですね」

疑う様子もなく、店員が答えた。

「参考になりました。ありがとうございます」

増岡は丁寧に頭を下げた。

そばにいた三宅も、慌ててぎこちなく低頭した。

「いいんですよ。でも、警察が模範的な青年の服装について調べるなんて、時代も変わりましたね」

店員が笑みを浮かべた。

「警察も時代に取り残されるわけには行きませんから。でも、清水道夫さんには、いささかも問題はないですよね」

「それはもちろん――」

言いかけて、店員がふいに辺りを見回すと、悪戯っぽい笑みを浮かべて声を潜めた。

「――そうは言っても、年頃の若い男性だから、いつだったか、北条海水浴場近くの夜道でお見かけしたこともありますけどね」

「ほお、夕涼みのデートでもされていたんですかね」

「さあ、一緒にいたのは男性だったような気がしますけど、そっちの顔は見ていませんから」

「それは、いつ頃のことですか」

「あれは七月末だったかな、ちょっとはっきりしないけど。海にでも入ったのか、白いポロシャツに、デニムのジーンズ、赤いデイパックという定番の恰好でしたけど、服が濡れていましたね。浜近くのコンビニに行くところみたいでしたよ」

その言葉に、増岡の頭の中で閃くものがあった。だが、そのとき、清水道夫はどんな様子でしたか、と訊きたい衝動を抑えて、彼女はもう一度、頭を下げると、三宅とともに店から出た。

「おい、増岡、いつから、こんなに腕を上げやがったんだよ」

目を丸くして、三宅がいきなり言った。

「三宅さんといつも組んでいれば、嫌でもこうなっちゃいますよ」

そうか、そうか、と三宅が無精髭の熊顔に満面の笑みを浮かべると、さらに言った。

「だったら、前言は撤回してやる」

「どういう意味ですか？」

「おまえは、ガリ勉でこだわり屋、そのうえけちん坊に加えて、四角四面の杓子定規だと思っていたけど、四角四面の杓子定規の部分だけは、削除してやるから。大いに喜んでいいぞ」

増岡は、音を立てずにため息を吐いた。

捜査本部の置かれた広い講堂には、留守番の若い捜査員や通信係の女性警官の姿しかなかった。

九

それでも、米良は落ち着かない気持ちだった。方々に差し向けた複数の捜査員たちから、五月雨(さみだれ)式に報告や指示を仰ぐ電話が掛かって来るからである。

「係長、二番に香山巡査部長から連絡が入っています」

通信係の女性警官の言葉に、米良はうなずくと、近くにある受話器を握り、二番のボタンを押した。

「米良だ」

《係長、香山です。相楽警部補と調べを進めてゆくうちに、幾つか重要なことが判明しました。私たちはまず、倉田忠彦が引き起こした傷害事件の被害者である瀬島五郎を訪ねました。しかし、こちらの質問に対して、瀬島五郎は口が重く、事件の状況についての説明もかなり曖昧(あいまい)でした――》

香山が、捜査の報告を続けてゆく。彼らは瀬島五郎の次に、上条麗子と面談したのだった。だが、彼女もまた瀬島五郎と同様に、事件当日の自分自身の動きについて、不明瞭な返答を繰り返したという。そもそも、倉田忠彦と瀬島五郎が激しく諍いを起こしている現場に、彼女が足を向けたこと自体、納得しがたい行為と言わざるを得ないと香山は主張すると、さらに続けた。

《――念のために、近所で上条麗子とその一家について聞き込みをしてみましたが、どうやら、ひどい嫁いびりに遭っているようです》

「嫁いびりだと」

《ええ、亭主の浮気に気が付いたところ、女房の尽くし方が足らないからだと、姑が逆切れしたんだそうです。そのくせ、かなり以前から、その亭主は入院しており、上条麗子一人で家計を支えているそうです》

「とんでもない婆さんと息子だな」

苦々しい気持ちになり、米良は言った。

だが、それ以上、香山は姑と夫のことには触れず、別の話を持ち出した。

《それから、三宅たちから連絡が入り、こっちと結び付く材料を知らせてきました》

「それは何だ」

《三宅と増岡の調べで、亡くなる三日前からの友部雄二の動静が、少しずつ明らかになってきました。まず、三日前の晩、夕凪館の裏手で、倉田忠彦から胸倉を摑まれて、

何やら叱られていたという例の一件があり、その翌日、雄二は一年ほど続けてきた喫茶店のアルバイトを辞めてしまいました——》

その雄二が家族の中で唯一、杏子と元担任の桜井修一との結婚話にいい顔をしなかったことを告げると、雄二以外に、ただ一人、同じ高校のクラスの中で、桜井を嫌っていた田口雛子という同級生の名前を香山は挙げて、報告を続けた。

《——それはともあれ、外出しなくなった雄二は、一層落ち込みが激しくなったそうです。それを見かねた母親の松子から小遣を与えられた雄二は、君津のショップでプラモデルと二種類の色合いの違う赤色のプラカラーを購入したのですが、この先が問題です》

「問題？」

《雄二は、午後四時過ぎに館山駅に戻って来たにもかかわらず、二時間ほども、館山駅東口にある交番の近くで、うろうろしていたんです》

「何だと」

《ここまでお話しすれば、係長も当然思いつかれたと思いますが、もしも、例の連続婦女暴行事件に、友部雄二が関わっていたとしたら、その交番に出頭しようかどうか迷っていたとも解釈できる行動ではないでしょうか》

うーん、と米良は唸った。ここへ来て、それまでばらばらだった事件の断片が、一気に繋がり始めたような気がしたのである。
《係長、お聞きになっていますか》
香山の声で、米良は我に返った。
「ああ、ちゃんと聞いているぞ」
《しかも、その友部雄二の不審な行動を、離れた場所から覗き見していた人物がいたんです》
「誰だ」
《清水道夫です。しかも、三宅たちからの連絡を受けたとき、田口雛子の現在の住まいが市川市内だと聞きましたので、駄目もとで訪ねたところ、彼女にも会うことができて、極めて重要な証言を聞き出せました》
「極めて重要な証言？」
《高校三年生のときに、田口雛子も、友部雄二も、同じ人間から密かに虐めに遭っていたというんです。そして、虐めていたのは、清水道夫と西岡卓也だったと、田口雛子は断言しました。しかも、その虐めを担任の桜井修一に訴えたところ、有耶無耶にされたうえに、口封じされたとのことです》
米良は絶句した。これまで報告を受けている範囲内において、西岡卓也と清水道夫については、さしたる問題はないと考えていた。だが、いまの話が事実なら、友部雄二が、姉の杏子と桜井修一の結婚を快く思わなかったのも、田口雛子という女性が元の担任を嫌っているのも、まったく同じ理由からということになる。そして、友部雄二が不審死した日、交番に出頭すべきかどうか悩んでいたらしい彼の動きを、清水道夫が覗き見していたということは——

「よし分かった。そろそろ戻って来い。捜査会議で、情報共有する必要があるからな」

米良は言った。

《了解しました》

通話が切れた。

だが、米良の胸中の興奮は冷めやらなかった。当初、ほんのつまらない行きずりの殺人事件と思われた一件だったが、調べてゆくうちに、闇の奥にずっと隠されていた意外な過去の事実が、次々と引きずり出されてきたのである。

そのとき、米良の携帯電話が鳴った。慌てて着信画面に目を向けると、《立川守男》の名前があった。

「どうした」

携帯電話に言うと、立川の声が漏れた。

《係長、事件当夜、倉田を目撃した人物を発見しました》

「本当か」

言いながら、米良は、長身で薄い顔立ちの立川の顔を思い浮かべた。

《はい。事件当日、現場近くを通りかかった一人暮らしの大学生です。道の角を曲がったところ、長身の男性と鉢合せして、転んだとのことです。相手は一言の詫(わ)びの言葉もなく、血相を変えて走り去ったと証言しています。——その大学生は、お盆の時期の帰省ラッシュを嫌い、一足先に国元に帰省していたとかで、今日、事件現場近くのマンションに戻ってきたところ、運よく地取りの網に掛かりました》

「倉田の写真を、見せただろうな」

《地取り》に従事している捜査員たちは全員、二年前の傷害事件の際に撮影された倉田忠彦の顔写真を所持している。

《はい。その大学生は、写真を見て、事件当夜、鉢合せした男によく似ていると言いました》

「鉢合せした時間帯は？」

《午後八時半前後です。事件の直後と見て間違いないと思います。しかも、道筋から言って、目撃者の小森好美(こもりよしみ)の自宅裏の路地を曲がった先の出来事です》

「これで、また一つ裏が取れたな」

《はい》

「引き続き、目撃者を探してくれ」

《了解しました》

米良は通話を切ると、携帯電話を握り締めた。これがほかの場合なら、いまの立川からの報告を受けた段階で、逮捕状の請求を捜査一課長に具申することになったはずである。逮捕状の請求ができるのは、警部以上に限定されているからだ。

しかし、さっきの香山からの連絡と、三宅たちが探り当てた不可解な事実の数々を知ってしまったいま、逮捕状の請求の具申に踏み切るべきかどうか、米良は迷いを覚えていた。

友部雄二の不審死。

それに先立つ、船橋市内と館山市内で連続した婦女暴行事件。

雄二と揉めていた倉田が、二年前に起こしたとされる傷害事件に見え隠れする、納得し難い幾つかの点。

そして、二年前に西岡と清水が陰に隠れて行っていた陰湿な虐め。

これらは、どこかで繋がった出来事なのか。

それとも、まったく無関係の出来事なのか。

その真相がまだ見えていないこの時点で、倉田を逮捕して、西岡卓也殺害事件に幕を引いてしまうことは、明らかに誤った選択のように思えてならなかったのである。

そのとき、米良のデスクの内線電話が鳴った。彼は受話器を耳に当てた。

「はい、係長の米良です」

《米良警部補、すぐに執務室に来てください》

受話器から響いたのは、若い署長の声だった。

「はい、承知しました」

用件を尋ねることなく電話を切ったものの、署長の口ぶりから慌てている様子を感じ取り、米良は首を傾げた。

署内を通り、署長の執務室へ向かった。だが、歩きながら、意味もなく嫌な胸騒ぎを覚えていた。捜査会議のときに顔を合せることを除けば、一介の警部補が所轄署の署長からわざわざ呼び出されることは、めったにない。所轄署の署長はキャリアで、階級は警視正であり、警部補から見て三階級も上なのだ。言い方を換えれば、雲の上の人と言ってもいい。

署長の執務室の前に立った。ほかの部署の安っぽいドアとは違い、木製の重厚な扉にドアノブが鈍く光っている。

「失礼します、米良警部補です」

署長室のドアを軽くノックして、中に声を掛けた。

「どうぞ、入りなさい」

中から、くぐもった声が響いた。

居住まいを正してから、ドアをゆっくりと開けて、足を踏み入れた米良は、思わず足を止めた。広々とした執務室には、署長だけでなく、一課長と理事官までが顔を揃えていたのである。署長は、三十代後半で、色の白い四角い顔に癖のない目鼻立ちをしており、金縁眼鏡を掛けている。彼の腰掛けている椅子の斜め背後に、巨大な日の丸も掲げられていた。無意識のうちに、国家の威信というものまで米良は感じてしまう。

「係長、その後、捜査の進展はどうなっている」

署長の巨大なデスクの前に立っている一課長が、振り返って言った。冷然とした視線が、米良に注がれている。その隣で、頭の禿げあがった理事官も無言のまま、こちらを見据えていた。

つかの間、彼は返答に窮した。蛇に睨まれたカエルのような気持ちだった。警察官は常に上司から結果を求められる。それは到底、民間の比ではない。

「事件当夜、倉田を目撃した人物を発見しました――」

思わず、米良は立川からの報告を口にしてしまった。事件当夜、現場付近から走って来て、大学生と鉢合せし、血相を変えて逃げ去った人物が倉田忠彦によく似ていたこと。そして、時間帯が、まさに事件直後であったという点を説明したものの、米良は慌てて言い添えた。

「――倉田忠彦による西岡卓也殺害の容疑を裏付ける重要な証言と思量されます。しかし、この報告とは別に、ほかの捜査員たちからも、気になる情報がもたらされました――」

言いかけた米良を、椅子に腰掛けている若い署長が、素早く掌を上げて制して、言った。

「新たな目撃者の発見とは、まさにグッド・タイミングですね」

そう言うと、素早く一課長に視線を向けた。

「これで、ほとんどの材料が揃ったわけだし、倉田忠彦の逮捕状を請求することに、何の問題もなくなりましたね」

署長の言葉に、一課長がぎこちなくうなずく。

「肝心の動機がいまだに不明ですが、ここまで材料が揃えば、逮捕して取り調べるのも、確かに一つの選択肢ではありますが――」

逮捕状の請求――

後先を考えることなく、米良は言葉を挟んだ。

「ちょっとお待ちください。いま申し上げかけましたが、例の友部雄二の不審死の一件でも、若干の進展がありましたし、ほかにも解明する必要がある点が、まだ幾つも残されています」

「友部雄二の不審死で、若干の進展だと」

視線を向けた一課長が、興味を引かれたという顔つきになっていた。

「はい。お聞きいただけますか」

「どういたしますか、署長」

一課長が顔を向けて、慎重な口調で言った。

「早く言いなさい」

苛立ったように、署長が掌を振った。

は、はい、と米良は腰を折ると、言った。

「友部雄二が不審死を遂げた日、彼は君津のショップに赴き、プラモデルと二種類の色合いの異なる赤色のプラカラーを購入し、午後四時頃に館山駅に戻ってきました。ところが、それから二時間近くも、館山駅東口側にある交番の近くをうろついていたことが判明いたしました」

「交番前をうろついていた？」

一課長が口を挟んだ。

「その行動は、例の連続婦女暴行事件との絡みで考えますと、出頭すべきかどうかを悩んでいた行動と解釈できるのではないでしょうか。しかも、その様子を覗き見していた人物がおります」

「誰だ」

「清水道夫です」

「例の代議士の息子か」

「しかし、それが、倉田忠彦の起こした殺人事件と、いったいどう関係してくるというのだ」

一課長に続いて、それまで黙していた禿げ頭の理事官が、痺れを切らしたように口を挟んだ。

「それは、つまりこうです。西岡卓也や清水道夫については、これまでの聞き込みで、素行の悪さや、生活の乱れというものは、何一つ聞かれませんでした。また、館山署の担当者が、友部雄二の不審死を調べたとき、高校三年のときの担任である桜井修一についても、元教え子たちから悪い評判は得られませんでした。ところが、ただ一人、田口雛子という女性が、桜井を嫌っていたんだそうです。同時に、死んだ友部雄二についても、家族の中で唯一彼だけが、姉の杏子と桜井修一の結婚話にいい顔をしなかったのです。つまり、田口雛子と、友部雄二は共通する理由から、そんな態度をとったと考えられるのではないでしょうか。そして、香山と相楽が彼女と面談したところ、驚くべき事実が飛び出してきました」

「それは何ですか」

署長が言った。

「高校三年生のとき、彼女は、清水道夫と西岡卓也から陰湿な虐めを受けていたそうです。それは友部雄二も同様だったと、彼女がはっきりと証言しました。思い余った田口雛子は、その虐めを担任の桜井修一に訴えました。ところが、桜井がこれをもみ消したんです。ここまでご説明申し上げれば、今回の事件が一筋縄ではいかないものだということが、お分かりだと思いますが」

言い終えると、米良は三人の顔を見回した。

署長が、苦虫を嚙み潰したような表情になっている。

理事官も同じような顔つきだったが、その目の端で署長を窺っていた。

一課長だけは口を半開きにしたまま、虚を衝かれたように固まっている。

「ですから、逮捕状の請求は時期尚早かと思われます」

米良は言った。

その言葉に、若い署長が顔を一気に紅潮させた。

「友部雄二の不審死のことなど、この際どうでもいいでしょう。県警本部からの指示ですから、一課長、早急に逮捕状を請求しなさい」

「県警本部？」

驚きのあまり、非礼も顧みずに、米良は訊き返してしまった。

署長が睨んだ。

「ええ、そうです。いまさっき県警本部長から直々にここに電話が入ったんです。西岡卓也殺害について、容疑者を早急に逮捕するようにと」

米良は啞然となった。県警本部長とは千葉県警のトップに立つ人物で、階級は警視監である。署長よりも、さらに二つも上の階級にほかならないのだ。

第四章　逮捕

一

夜明け前の国道一六号線を、二台の覆面パトカーが前後になって走行していた。時速は、ともに六十キロを超えている。

薄暗い空の下、道路の右手には点々と照明の灯ったコンビナートや倉庫の建物が見えており、左手の店内から明かりが漏れるコンビニやガソリンスタンド、事業所の四角い建物などの横を、二台の車は過ぎ去っていく。

先頭車には、米良と立川、ほかに二人の捜査員が乗り込んでいる。香山は、二号車の後部座席に相楽と並んで座っていた。運転しているのは三宅で、助手席には増岡が乗っている。右車線の対向車のヘッドライトが眩しい。走行しているのは大型トラックと、さらに巨大なトラクターばかりだ。

「倉田を逮捕するなんて、どう考えても時期尚早ですよ」

ハンドルを握ったまま、三宅が憤懣の籠った口調で言った。

「ああ、俺もそう思う」

香山は言った。

すると、抑えていたものを吐き出すように、三宅が続けた。

「だいいち、倉田って男が、いまだに私には理解しかねるんですよ」

「それは、いったいどういう意味なんだ」

相楽が訊いた。

「誰に訊いても、生真面目で謙虚だと、倉田を悪く言ったやつはいません。でも、よくよく調べてみると、あの男の本性は、とてもそんなものじゃないんです。人との深い付き合いをしない。女にも振り向かない。ギャンブルはおろか、めったに外出すらしない。唯一の気晴らしは、板前の仕事が終わった後、厨房で冷や酒を黙って飲むだけ。言ってみれば、あいつは馬鹿の字がつく堅物、いいや、自分ってものを捨てているんじゃないですか。でも、現実に、そんな生き方を貫く人間がいるなんて、私にはどうしても信じられません」

「確かに、倉田という男は、相当な変わり者だな。――しかし、一課長の判断も、やむを得ないものがあるぞ」

相楽がすかさず言葉を挟んだ。

「やむを得ない？　どうしてですか」

顔を前に向けたまま、ハンドルを握る三宅が言った。

「指紋という物証、現場から走り去る倉田を見たという証言、さらに、事件現場近くで倉田と鉢合せしたという大学生の証言まで飛び出してきたんだ。それに、事件前、倉田が何やら思い詰めていたらしいという鈴木正三郎の証言もある。やつは保護観察付執行猶予処分を受けた身だから、このうえ殺人罪となれば、かなりの量刑は必定だろう。そのことは、倉田がいかに変人でも、当人も分かっているはずだ。仮にあの男がホンボシだったとしたら、下手をすれば、逃亡や自殺の恐れすらある。となれば、このあたりで倉田の身を拘束して取り調べに着手しなければ、警察の怠慢と断じられかねん」

「しかし、倉田が西岡卓也を殺害した動機が、まったく見当たりませんよ――」

相楽の言葉に言い返し、香山はさらに続けた。

「――確かに、両者には、間接的な繋がりが存在します。倉田は友部雄二の父親が経営する民宿の板前で、一方、西岡卓也は友部雄二の高校三年のときの同級生です。そのうえ、雄二を奴隷のようにこき使っていた卑劣な人物でした。しかし、その友部雄二の溺死についても、真相が謎のままで、彼が関わったらしい連続婦女暴行事件も未解決、そのうえ、倉田が引き起こした傷害事件にも、不明瞭な経緯という問題まで残されているじゃないですか。倉田が西岡卓也を殺害した動機の問題は別にしても、ここで倉田を逮捕して、そのまま送検という運びとなれば、残るこれらの問題については、下手をすると、そのまま有耶無耶の幕引きってことになりかねません」

「ああ、残念ながら、その可能性は否定できない」

相楽がうなずいた。

すると、増岡が口を挟んだ。

「昨日、館山で清水道夫について聞き込みをしたんですけど、みんな口が重くて、はっきりしたことは何も言おうとしなかったんです。どうやら、バックにいる父親の清水勇作の存在を怖れているとしか考えられません。そこで、清水道夫が利用していた地元のある衣料品店の従業員に、好青年としての清水道夫について質問したところ、その従業員が気になることを漏らしたんです」

「気になること？」

香山は首を傾げた。

「ええ、七月末の夜分に、北条海水浴場近くの道で、清水道夫と別の男が出歩いているのを見かけたと話していたんです。白いポロシャツにデニムのジーンズ、それに赤いデイパックを背負った姿だったそうですが、服が濡れていたんだそうです。しかも、浜近くのコンビニに行くところだったようなんです。もしも、それが七月二十八日だったとしたら、まさに友部雄二が北条海水浴場で不審死した日ということになりますよ」

「なるほど、清水道夫と一連の事件との関わりを疑わせる、新たな材料が増えたというわけか」

「しかし、その程度の発見だけで、喜んでいられないぞ。ここに来て、別の厄介事までが、こっちに降りかかってきたわけだからな」

相楽が渋い声で口を挟んだ。

「本部長からの、倉田逮捕の指示のことですね」

助手席に座っている増岡が口を挟んだ。

すると、三宅も言った。

「どう考えても、これは異常事態ですよ。一介の殺人事件の捜査に、県警トップの本部長が介入して来るなんて」

「おたくは、どう思う」

相楽が、左隣にいる香山に顔を向けた。

「昨晩、私たちが推測した通りなら、事態は予断を許しませんね」

うなずく相楽を目にしながら、昨晩、船橋(ふなばし)署に戻った自分と相楽を待ち構えていた、米良の様子を香山は思い出していた。

米良は無言のまま、二人を有無を言わさずに刑事課の奥にある、空いていた取調室に連れ込んだのだった。

《おい、とんでもないことになったぞ》

ドアを閉じるなり、米良が言った。

《いったい何があったんですか》

香山は言った。

《夕刻に、県警本部から署長に電話が入った。しかも、掛けてきたのは、何と本部長本人で、西岡卓也殺害について、重要参考人として浮上している倉田忠彦を、ただちに逮捕しろというものだった》

香山は我が耳を疑った。

相楽も目を瞠っていた。

《それで、どうされたんですか》

《署長は一課長に対して、逮捕状を請求するよう命じたが、その場で、俺が待ったを掛けた》

香山は、思わず相楽と顔を見合せてしまった。県警本部の警視である一課長に対して、所轄署の、しかも下位の警部補が意見するということは、言語道断と断じられれかねない越権行為にほかならない。警察組織は、民間とは比べものにならない厳然とした縦社会なのだ。それだけに、米良の危機感が並々ならぬものであることを雄弁に物語っていた。

《その結果は？》

《現在の捜査状況をかいつまんで説明した。だが、ちょうどおり悪しく、立川から俺のもとに、事件当夜の倉田忠彦に関する新たな目撃者発見の報が入ったところだった。署長はもとより、理事官までが、本部長からの電話に完全にビビっていた。――これはどう考えても、本部長のもとにまで、どこからか圧力が掛かったとしか考えられんぞ》

《しかし、西岡卓也の死については、その周辺にまだ多くの未解明の問題が残されています》

《ああ、もちろん分かっている。そのことは、俺も言葉を尽くして署長と一課長に説明した。だが、どうしようもなかった》

《係長、一つだけ思い当たる点があります》

香山は二人を見つめて言った。

《思い当たる点？》

《ええ、今回の一連の出来事には、どうやら、もう一人、中核となる人物がいるらし

いということです――》
《誰だ》
《友部雄二が不審死を遂げた日、彼が交番近くをうろついていたのを盗み見ていた清水道夫です》
《西岡卓也とともに、優等生の仮面を被(かぶ)って、裏で田口雛子(たぐちひなこ)や友部雄二を虐(いじ)めていた陰湿な学生か》
《しかも、保守系の有力な代議士の息子です。考えてみれば、本部長から署長のもとに入ったというその電話の一件は、私が三宅たちに、清水道夫について〔鑑〕を取るように指示した後に起きたとしか思えません》
　米良、香山、相楽の三人は顔を見合せた。
　相楽が口を開いた。
《香山さんと調べているうちに、西岡卓也殺害が、もっと複雑に絡み合った複数の事件の一ピースに過ぎないような気がしてきました。だからこそ、この事件は、それらの未解決の問題とともに解明すべきだと思います》
《だったら、どうする》
　米良が目を細めて言った。
　その場に沈黙が落ちた。

やがて、香山は意を決して言った。
《一課長が倉田の逮捕状の請求を決断された以上、後戻りはできません。倉田を逮捕するしかないでしょう。しかし、補充捜査の名目で、ぎりぎりまで全体の構図の捜査を続行するんです》
《できるか》
《一か八か、やってみるしかないでしょう》
そのとき、《桜井(さくらい)》という交差点で、二台の覆面パトカーは国道一二七号こと《内房(うちぼう)なぎさライン》に入った。

二

二台の覆面パトカーは、北条海水浴場から百メートルほど離れた夕凪(ゆうなぎ)館の前に停まった。

香山は車の外に降り立った。相楽、三宅、それに増岡も車外に出た。前方の覆面パトカーからも、米良を含めた四名が降り立つ。

湿気を含んだ熱気に包まれる。香山は薄青色の空を見上げ、次に腕時計に眼をやった。午前六時五分過ぎ。容疑者に対する逮捕状の執行は、早朝に行われることが多い。

夕凪館は、鉄筋モルタル造りの横長の二階建てで、和風を意図したのか、上部は形ばかりの瓦屋根で、建物の横に張り出し看板があり、《清酒夏椿　民宿　夕凪館》という太文字が記されていた。玄関の引き戸は閉じられていて、内側は色褪せた小豆色のカーテンで覆われている。玄関横には、清涼飲料とビール、ペットボトルのお茶の自動販売機が三台並べて設置されていた。

すぐに、少し離れた場所に停められていた乗用車から、柄物のTシャツと白い短パン姿の二人の男たちが降りて、足早にこちらに近づいてきた。

「おはようございます。ご苦労さんです」

一人が手を上げて言った。倉田忠彦を《行確》中の捜査員たちだった。

「何か変わったことはあったか」

米良が言った。

「いいえ、何もありません。ここ数日、倉田は夕凪館から一歩も出ていませんし、静か過ぎるくらいです」

「よし。おまえたちにも手伝ってもらうぞ」

「心得ています」

二人がうなずくと、玄関前に集まった九人に、米良が言った。

「朝一の打ち合せ通り、これから倉田に逮捕状を執行する。相楽と立川、ほか四名は、夕凪館の側面と裏手に回ってくれ。正面は俺と香山、三宅、それに増岡で行く。これまでの動きから考えて、まず逃亡の恐れはないと思う。だが、おまえたちも、犯人は飛ぶものだと、先輩刑事から耳に胼胝ができるほど聞かされているはずだ。十分に気を付けてくれ」

「了解しました」

捜査員たちの声が揃った。

相楽たち六名が、横手と裏手に向かった。

米良と香山、三宅、それに増岡は、玄関に近づいた。

増岡が、夕凪館の玄関の呼び鈴を鳴らす。

やがて、インターフォンから女性の声が響いた。

《どちら様でしょうか》

早朝だけに、戸惑ったような口調だった。

「船橋署の者です。こちらに倉田忠彦さんがおられると思います。すぐに呼んでいただけますか」

わずかの間、インターフォンが沈黙した。

だが、すぐに声が響いた。

《は、はい、ちょっとお待ちください》

それでも、しばらくの間、玄関戸の内側のカーテンは開かなかった。やがて、五分ほどして、いきなりカーテンが開かれて、玄関の引き戸も開かれた。

玄関の低く広い上がり框に、四人の人間が立っていた。初老の男女、長身の倉田、そして若い女性である。いずれも硬い表情を浮かべている。

米良が進み出て、手にしていた逮捕状を広げると、読み上げ始めた。

「逮捕状。被疑者氏名、倉田忠彦。船橋市内における西岡卓也殺害の被疑事実により、被疑者を逮捕することを許可する。平成三十年八月十日。千葉地方裁判所。——逮捕時間は、午前六時十二分」

倉田以外の三名が驚愕の表情を浮かべ、声もなく顔を見交わした。

倉田だけが、険しい顔つきのまま無言だった。そして、逮捕状の読み上げが終わると、倉田は初老の男女に顔を向けた。

「これまで、本当にお世話になりました」

そう言うと、深々と頭を下げたのである。

「こ、これは、どういうことなんですか」

初老の女性が困惑の表情を浮かべると、米良や香山たちを慌てて見回して言った。

「いまも申し上げた通り、八月七日の夜、船橋市内で発生した西岡卓也殺害事件の容疑で、この倉田忠彦を逮捕します」

感情を交えぬ口調で言うと、米良が香山に目を向けた。

「香山、手錠を掛けろ」

「はい」

香山は進み出ると、倉田の両手首に用意しておいた手錠を掛けた。そして、肩を引き寄せるようにして、サンダルを履かせると、玄関の外へ連れ出した。倉田は真一文字に唇を閉じたまま、目を固く瞑り、されるがままになっている。抵抗する素振りは、まったくなかった。

三宅がすぐに倉田のズボンのベルトを背後から摑み、そのまま覆面パトカーへ向かった。

玄関から若い女性が裸足のまま走り出して来たのは、そのときだった。

「倉田さん」

彼女が絶叫した。声には、悲痛な響きが籠っていた。

倉田が、初めて香山たちに抗うように立ち止まった。

そして、振り返ると、

「お嬢さん、どうかお幸せになってください」

と、強張った口調で言うと、深々と頭を下げたのである。

若い女性は、口に手を当てたまま黙り込んでしまった。

三

夕凪館の前で、香山は、倉田忠彦を乗せた覆面パトカーが遠ざかってゆくのを見つめていた。

気温はすでに三十二、三度だろう。蟬の鳴き声が喧しい。残ったのは、ほかに相楽、三宅、増岡という面子だった。

そのとき、夕凪館の玄関から、海水浴に向かうらしい家族連れが出て来た。小学生くらいの男の子と女の子はすでに水色と赤色の水着姿で、浮き輪を手にしている。両親はお揃いの白いTシャツに派手な赤い短パンだ。たぶん、彼らも服の下は水着姿だろう。玄関前にたむろしている四人に、一瞬だけ、怪訝な顔を向けた。カジュアルな服装でないので、不審を抱いたのかもしれない。

香山たち四名には、夕凪館の人々から本格的に聞き取りをする役目が与えられていた。むろん、捜査一課長の許可を得た補充捜査の一環である。しかし、残されている未解明の問題について、米良は可能な限り探ることを密かに命じた。本部長を動かすほどの圧力が掛かった可能性があるうえに、一刻を争う事態にほかならない。逮捕された倉田忠彦が検察庁に送検されるまで、四十八時間しか残されていないのだ。

「どうする」

覆面パトカーが視界から外れると、すかさず相楽が言った。

「打ち合せした通り、相楽さんと俺は、まず母親の松子から聞き取りをしましょう。三宅と増岡は、父親の喜久治から可能な限り証言を引き出せ。その後は、石川節子からの聞き取りだ。松子の後、俺たちは娘の杏子も担当する。いいな」

「了解しました」

相楽がうなずき、三宅と増岡の声が揃った。

「改めてお訊きします。倉田忠彦とは、どんな人物ですか」

前置き抜きにして、香山は切り出した。

身を硬くしていた松子が、躊躇いがちに口を開いた。

「そりゃ、とっても真面目な人ですよ。だから、傷害事件を起こしたなんて、信じられませんでした。でも――」

そこまで言うと、松子は言葉を飲み込んでしまった。目の前で倉田が西岡卓也殺害の容疑で逮捕されたことや、刑事たちに一切抗弁しなかったことから、やはり罪を犯したと考え直しているのかもしれない。

相楽とともに香山は、自宅の応接間に置かれた籐椅子に座る松子と対座していた。

そこは八畳間で、床の間に水流を泳ぐ鯉の絵の掛軸が掛けられており、鴨居に取り付けられた古い柱時計が、単調な振り子の音を響かせている。

「働きぶりは、いかがでしたか」

香山の言葉に、思い直したように松子が言った。

「一生懸命に仕事をしてくれていました。料理の腕がいいので、お客さんからの評判もよくて、私はとても喜んでいたんです」

「暮らしぶりは、いかがでしたか」

「板前としての仕事をするだけで、外で飲み歩くわけでもなく、気晴らしにパチンコに行くわけでもなく、休みの日は自分の部屋で静かに本を読むくらいが楽しみだったようです」

「本？　どんなものを読んでいたんですか」

香山は、鈴木正三郎の口にしていた《本を読むのが、唯一の趣味だと話していました》という言葉を思い浮かべて、訊いた。

「チラッと見たのは、山本周五郎（やまもとしゅうごろう）の『さぶ』ですよ」

香山は黙り込んだ。その本なら、彼も読んだことがあった。男前で器用な主人公が、頭の働きは遅いものの、心の綺麗（きれい）な朋輩（ほうばい）と心を分かち合い、やがて無実の罪に苦しむ姿を描いた、山本周五郎の時代小説の傑作である。

「友達は？」

「特に親しくしている人はいなかったようです。もちろん、仕事柄、出入りの業者や河岸の人たちとは、それなりに付き合っていたようですけど」

香山はうなずいた。

「では、事件が起きた八月七日のことを訊きますが、倉田はどうしていましたか」

「いつものように、午前中から料理の仕込みに取り掛かっていました。むろん、そばにつきっきりで見ていたわけじゃありません。私だって、館内や外回りの掃除の仕事がありましたから」

「ちなみに、そのときご主人や杏子さんは？」

倉田の動きを詳細に浮かび上がらせるためにも、ほかの人間の動きも把握しておく必要があるのだ。

「夫は腰が悪いので、もっぱら予約を受付けるために、ネットの確認と電話番が仕事ですから、受付横の四畳半にいたと思います。杏子は大浴場の掃除やら、寝具のカバーの取り換えやら、いつものように一番忙しく立ち働いていました」

「それから、倉田はどうしたんですか」

「夕刻前に、船橋の鈴木さんのところへ出掛けました」

「保護司の方ですね」

松子がうなずいた。

「ええ、そうです。そのために、倉田さんがいつもよりも、ずっと早目に料理を作っていたことも覚えています」

「出掛けるときに、倉田に変わった様子はありませんでしたか」

その言葉に、松子が思い当たることのある顔つきを浮かべた。

「そう言えば、倉田さん、何だかひどく沈んでいました。——というよりも、ここのところ、ずっと難しい顔ばかり見せていたんです」

「ずっと難しい顔ばかり見せていた？」

松子がまたしてもうなずく。

「ええ、日頃から口数の少ない人ですし、感情をあまり表に出さないようにしていたみたいですけど、何となくそんな感じがしたんです」

「それは具体的には、いつ頃からのことですか」

問われて、松子が思案する顔つきになった。やがて、おずおずとした口調で言った。

「はっきりしませんけど、たぶん、十日くらい前からだったんじゃないかしら」

香山は相楽と顔を見合せた。

十日くらい前からといえば、友部雄二の不審死とほぼ同じ頃ではないか。しかも、その不審死の三日前の晩、この宿の裏手で、倉田忠彦が雄二の胸倉を摑んで、宿の仕事を手伝えと説教していたというのだ――

そのとき、黙然と扇子をいじっていた相楽が、おもむろに口を開いた。

「つかぬ事をお訊きしますが、ご主人と雄二さんの折り合いが悪くなったのは、どうしてなんですか」

そう訊かれて、松子が言い淀んだ。

無理もないかもしれない。夫と息子の不仲の理由を、明け透けに他人に話せる者などいるはずがない。

すると、相楽が続けた。

「不幸なお亡くなり方をした息子さんのあの一件も、もしかすると、倉田が引き起こしたと考えられる今回の殺人事件と関連しているかもしれないんです。プライベートな問題だということは、重々承知していますが、そこを曲げて、どうかお話し下さいませんかね」

その言葉に、松子が大きなため息を吐くと、渋々という感じで口を開いた。

「思春期の頃、雄二が私にひどく反抗したり、家の中の物を壊したり、暴力を振るったりしたからなんです」

「暴力を振るったり――」

相楽が鸚鵡返しに言った。

「ええ、小さい頃から、雄二は華奢で、気も小さい方でした。だから、外でほかの子供たちから虐められたり、馬鹿にされたりして、ストレスを抱えていたんだと思います。それが自分の家で爆発したんでしょう。私がちょっと注意をすると、暴言を吐いて、それを咎めると、今度は食器を壊したりして、挙句に手まで上げるようになりました」

そう言うと、身を竦めるように、松子は俯いてしまった。

「それは、いつ頃のことですか」

「中学校に入ってからです」

「奥さんも、ご苦労なさったんですね」

またしても大きなため息を吐くと、松子が続けた。

「ええ。しかも、その度に、夫がひどく腹を立てて、あの子の背後から馬乗りになり、私に謝れって、拳骨で頭を殴ったりしたんです」

「しかし、どんなことがあっても、折檻はよくないでしょう」

相楽が一転して咎めるような口調で言った。

すると、松子が慌てて言い返した。

「私だって、お願いだから止めてって、夫に懇願しました。けど、あの人は聞く耳を持たなかったんです。それどころか、こっちが庇えば、庇うほど、感情的になってしまって――」

松子が声を詰まらせると、応接間に沈黙が落ちた。

柱時計の振り子の音だけが響いている。

香山は敢（あ）えて言った。

「そんなとき、雄二さんは、どうしていましたか」

松子が視線を向けた。かすかに恨みがましい目になっている。

「雄二の方も完全に意地になってしまい、どんなに叩（たた）かれても、絶対に謝ろうとはしませんでした。それどころか、小さな体のくせに、組み伏せている父親に一矢報いようと、左肘（ひじ）を床に突っ張り、右手を懸命になって背後に伸ばして、父親の右肩を引っ掻（か）こうともがいたりしていたことを、いまも覚えています。そんなことが、しょっちゅうでしたから」

言い訳するように、松子は言い立てた。

「しかし、その家庭内暴力も、収まったんですよね」

「ええ。高校に入ってからは、どうにか収まりました。でも、それ以来、雄二は父親と一切口をきかなくなってしまったんです。食卓で顔を合せても、目すら合せないんですから」

家庭内暴力の悪循環――

香山は、音を立てずに息を吐いた。昔気質で依怙地な父親と、気が小さく屈折した心情を抱え込んだ息子。ある意味で、最悪の組み合せだったのかもしれない。子供は親を選んで生まれてくることができない。だから、相楽の言うように、どんなことがあっても、折檻はすべきではないのだ。

松子が沈んだ顔つきで続けた。

「しかも、雄二が大学受験に失敗して、そのままフリーターになってしまったことも、夫を怒らせた原因でした。あの人は、誰でも大人になれば、まともな定職に就くのが当たり前だと思っていますから」

「なるほど、ご主人と息子さんの板挟みになって、あなたもご苦労されたわけですね」

相楽の慰めるような言葉に、松子が大きなため息を吐いた。

「でも、来年、娘さんが結婚されるそうじゃないですか」

慰めの思いを籠めて、香山は言った。

すると、松子の顔つきが少しだけ明るくなった。

「ええ、それだけが心の支えなんです。この前も、ウエディングドレスの仮縫いのために、杏子も船橋の洋装店へ行ったんですよ――」

そう言ってから、松子がハッと息を呑んだような顔つきになった。

「それは、いつのことですか」

香山の質問に、顔を引き攣らせた松子が黙り込んでしまった。

香山は言った。

「もしかして、それも八月七日のことだったんじゃないですか」

「よく覚えていません」

視線を合わさぬまま、松子がつぶやいた。

香山は、相楽と無言のまま顔を見合せた。もしかしたら、その日、船橋の洋装店から帰宅した杏子の様子に、松子は何かただならぬものを感じ取ったのかもしれない。しかし、それは漠然たる不安というだけで、明確な疑念ではなかったのだろう。ところが、今朝、倉田忠彦が逮捕され、八月七日の晩、船橋市内で西岡卓也が殺害されたことを知るに及んで、いきなり恐ろしい符合に気が付いたのかもしれない。

その顔から目を離さずに、香山は言った。

「参考のために、その洋装店の住所と電話番号を、教えていただけますか」

四

同じ頃、三宅と増岡は、友部喜久治から話を聞いていた。場所は、宿の使われていない客室だった。

「まず、おたくの歳を訊こうか」

三宅が訊いた。

「どうして、そんなことを知りたがるんですか？」

かすかに不満げな口調で、友部喜久治が言った。

「これは人定といってな、必要な質問なんだよ。聞き取りをする相手の人となりや生活の背景をそれなりに知らなきゃ、相手が喋（しゃべ）った内容の細かいニュアンスや、証言に含まれている大切な点を聞き漏らしかねないからな」

三宅がぞんざいな口調で言い返した。

「ああ、そういうものなんですか。――私は、六十一歳ですよ」

増岡は執務手帳にメモを取りながら、座卓を挟んで座っている友部喜久治を見つめていた。夕凪館の経営者は、三宅とたいして背丈の変わらぬ大柄な人物である。そのうえ、かなり太っている。大きな顔の頬が垂れていて、丸い鼻から唇の両端に深い豊（ほう）齢（れい）線が刻まれている。胡麻（ごま）塩の髪が薄く、ボサボサに伸びた眉（まゆ）と、二重のラクダのような目と相まって、実年齢よりも年寄りくさいと感じてしまう。

「この夕凪館は、いつから営業しているんだ」

「私が三十のときからです。だから、かれこれ三十一年になりますよ。それまでは漁師をしていましたけど、そっちに見切りをつけて、船を売った金を元手に、自宅を改造して民宿を始めたんです。その後、かなり増改築しましたけど」

「従業員は何人だ」

「私と女房、娘の杏子、通いの石川節子さん、それに、倉田です――」

最後の名前を、友部喜久治が言いづらそうに付け加えた。

すると、三宅が素っ頓狂な声を上げた。

「たった五人かよ」

「ここらの零細な民宿なんて、どこでもそんなもんですよ。ひと昔前みたいに、夏場になると、猫も杓子も海水浴場にどっと押し寄せた頃なんかと違って、いまはそこらじゅうにプールもあるし、レジャーも多様化していますから、この程度の民宿の経営は楽じゃないんです」

ムッとした顔つきで友部喜久治が言った。

「ちなみに、宿泊料はいくらなんだ？」

「一泊二食つきで、基本料金が一人五千五百円となっております。栄螺や鮑、それに伊勢海老や平目の御作りなどの特別注文があれば、時価で頂戴することになっておりますし、ビールや日本酒などの飲み物も、別料金ですので」

一転して、滑らかな商売口調で友部喜久治が言った。

「分かったよ。だったら本題に入るぞ。倉田を雇うことになった経緯を、なるべく詳しく話してもらおうか」

「倉田を雇ったのは、一年ほど前でした。その少し前に、鈴木正三郎さんから電話が入ったんです。倉田という保護観察付執行猶予者を、ここの板前として雇ってもらえないかってね」

「鈴木正三郎という人は、確か、保護司だったな。その人と、おたくの関係は？」

「亡くなった私の長兄と、大学が一緒だったんです。二人とも六大学リーグで活躍した親友同士でした。兄がピッチャー、鈴木さんがキャッチャーでね。そのうえ、家族ぐるみで付き合っていましたから、私も子供の頃からキャッチボールをしてもらったり、冬場に志賀高原にスキーに連れて行ってもらったりしたこともありました。そんな古くからの知り合いからの依頼でしたし、たまたま、以前雇っていた板前が、独立して料理屋を始めることになって辞めてしまい、困っていたところなので、渡りに船と倉田を雇うことにしたんです」

うーん、と三宅が唸った。

それまで二人のやり取りに黙って耳を傾けていた増岡は、ふいに一つのことを思いついて三宅に言った。

「三宅さん、ちょっと質問させてもらってもいいですか」

三宅が顔を向けて、うなずいた。

「ああ、いいぞ」

「友部さん、いま倉田を雇うことにしたとおっしゃいましたけど、鈴木正三郎さんからの電話を受けて、二つ返事で引き受けられたんですか」

言いながら、増岡は石川節子の言葉を思い出していた。

《私もびっくりして、同じことを訊きました。そうしたら、旦那(だんな)さんは、乗り気じゃなかったって言っていました》

《ええ。でも、杏子さんが雇おうと強く主張したから、仕方なく雇ったんだと言っていました》

すると、友部喜久治が落ち着かない顔つきになり、

「二つ返事ってわけではありませんでした――」

と言うと、言い訳するように言い添えた。

「――確かに、倉田は文句なしに腕のいい板前ですよ。だけど、何しろ前科持ちじゃないですか。誰が喜んで雇う気になりますか」

「だったら、乗り気じゃなかったのに、友部さんは、どうして倉田を雇ったんですか」

「そりゃ、知り合いの鈴木正三郎さんからのたってのご依頼だったし、それに――」

喜久治が言い淀んだ。

「それに、何だよ」

横から、三宅が口を挟んだ。

「鈴木さんからの電話が掛かってきたとき、たまたま私が不在にしていて、娘の杏子がその電話を受けてしまい、私や女房に執拗(しつよう)に雇おうと勧めたからなんです。たぶん、倉田の境遇に同情したんでしょう」

「同情だと」

「ええ、あれは弱い者や困っている人を、放っておけないところがあるんです」

「どうしてなんですか」

増岡の挟んだ言葉に、喜久治がふいに表情を曇らせた。

「中学生のときに、クラスで虐めに遭っていた友達が、自殺したからでしょう」

「自殺――」

喜久治が小さくうなずく。

「杏子は、その子から悩みを打ち明けられたものの、深刻な話ではないと思っていたそうなんです。ところが、相談の直後に、その子が学校の校舎から飛び降りてしまったんです。そのことがトラウマになって、以来、立場の弱い人間を見ると、杏子は黙っていられなくなったんです」

増岡は、音をさせずに息を吐いた。彼女が知りたかったのは、杏子が一面識もない倉田忠彦を、どうして父親に雇うように勧めたのか、その理由だった。だが、いまの話で、十分に得心がいった気がした。そして、虐めの問題ならば、増岡自身にも辛い経験がある。

小学校六年生のときに、クラスの児童たちから受けた虐めだ。そのきっかけは、同じクラスにいた別の女子を、虐めから庇ったことだった。貧しい母子家庭に育ったその子のみすぼらしい身なりが、クラスメートたちのからかいの標的になり、悪ふざけがしだいにエスカレートして、持ち物を隠したり、突き飛ばしたりするようになったのである。しかも、男の子だけでなく、女の子たちまでが、その虐めに加わるようになったのだった。それを見かねた増岡が、その虐めを注意したところ、翌日から、虐めの標的が彼女に替わったのである。

しかし、増岡は、仲間外れやいびりに懸命に耐え続けて、決してひるんだり、悔しそうな表情を見せたりしなかった。そんな態度を示せば、虐めている連中を喜ばすことになるだけと分かっていたからである。

彼女が警察官になろうと決意した動機もまた、もとを正せばそこにあったのだ。だが、警察官になってみて、彼女は改めて、人間というものの陰湿な一面に直面することになったのである。この三月に定年退職した刑事課の係長であった入江正義が、ことあるごとに増岡を《ひよっこ》呼ばわりして目の敵にしたからだ。警察の世界にすら、陰湿な嫌がらせや愚弄があることを実感するに及んで、彼女は自分だけは絶対にそんな人間にはなるまいと決意をさらに強めたのだった。だから、たとえ自分自身が虐めに遭っていなくても、苦しんでいた友達を助けられなかったことで、杏子がどれほど深い後悔の念を覚えたかが十分に想像できた。

「娘さんが倉田を雇おうと言い張ったことを、倉田本人は知っているのか」

三宅が訊いた。

友部喜久治がかぶりを振った。

「私から話したことはありません。だけど、女房が話しちゃったんじゃないかな。女房は、ともかくお喋りだから。でも、いまさら言ってみても詮ないことかもしれないけど、やっぱり雇わなきゃよかったですよ。人に怪我を負わせるような輩は、しょせん、まっとうな人間じゃないんだ。まして、今度は人殺しまで仕出かしやがって」

その言葉に、三宅がムッとした顔つきになった。

増岡は身を乗り出し、言った。

「友部さん、倉田が西岡卓也さんを殺害した件について、何か心当たりはありませんか」

「そんなもの、あるわけがないでしょう」

「だったら、雄二さんと西岡卓也さんは、どんな関係だったんですか」

「西岡卓也って、いったい誰なんですか？」

「息子さんの高校三年生のときの同級生ですよ」

　喜久治が肩を竦めた。

「私は、雄二のことについちゃ、何も知りません。あいつとは、もう何年も口もきいていないから」

「おい、それが父親の口にする言葉かよ」

　三宅が憤然と言った。

「そんなこと、あんたに言われる筋合いはないでしょう。さっきから聞いていれば、娘の杏子のことまで穿り返して、そのうえ息子との関係がどうのこうのと、事件の捜査とは何の関係もないでしょうが」

「それを判断するのは、こっちの仕事だぞ」

　言い争う二人の間に、増岡は割って入るように言った。

「友部さん、興奮しないでください。三宅さんも、ちょっと落ち着いて」

　その場に、気まずい沈黙が落ちた。

五

応接間に杏子が入って来た。

倉田が逮捕されたとき、夕凪館の玄関から裸足で飛び出してきた女性である。顔色がひどく悪い。ソファから立ち上がった香山と相楽に、視線を合せようともしない。

「友部杏子さんですね」

「は、はい」

俯いたまま、うなずいた。

「これから聞き取りをさせていただきます。どうぞお座りください」

杏子が向かい側の籐椅子に、静かに腰を下ろした。

「倉田が西岡卓也さんを殺害したという容疑について、どう思われますか」

前置きを抜きにして、香山は口火を切った。

杏子が硬い表情のまま、顔を上げた。

「倉田さんは、絶対に人を手に掛けるような方ではありません」

予想もしなかった強い口調だった。

「どうして、そう思われるんですか」

「だって、あんないい人はいませんから。真面目で、礼儀正しくて、それに、とても謙虚で――」

「しかし、以前、彼が板前として働いていた料亭で、そこの主人に怪我を負わせて、保護観察付執行猶予者になってしまったことは、あなただってご存じでしょう」

　杏子は口を開きかけて一旦躊躇ったものの、真剣な眼差しを向けて言った。

「きっと、何か拠無い事情があったに決まっています」

「拠無い事情？　それはどんなことだと思っていらっしゃるんですか」

　杏子は苦しげな顔つきでかぶりを振った。

「分かりません。だけど、何かがあったに決まっています。倉田さんが人に怪我を負わせたり、ましてや、殺したりするなんてこと、絶対にあるはずがないんですから」

　それは、確信に満ちた口調のように思えた。香山は杏子を見つめる。長い豊かな黒髪をポニーテールに結んでいる。ほっそりとした顔。色白の瓜実顔で、二重の目と高い鼻梁、形のいい唇。応接間に入って来た姿は、見事に均整がとれていた。

　そのタイミングで、手元で扇子を弄んでいた相楽が口を開いた。

「だったら、質問を変えましょう。あなたにとっては辛いことをお訊きしますが、少し前に弟さんが亡くなられたそうですね」

　表情を変えずに、杏子が、はい、と小さく答えた。

「あなたは、弟さんがどうして亡くなったと考えているのですか」

その言葉に、杏子はしばし黙り込んだものの、やがて口を開いた。

「雄二がどうして死んだのか、私にも分かりません」

「雄二さんが誰かと揉めていたとか、恨まれていたとか、そういったことはありませんでしたか」

「いいえ、そんなことは絶対にありません。気の小さな弟でしたけれど、人から恨まれるようなことをする人間ではありません」

「だったら、雄二さんが亡くなられる三日前の夜分に、この家の裏手で、倉田が雄二さんの胸倉を摑んで、何やら揉めていたという事実をご存じですか」

杏子が目を固く瞑り、うなずいた。

「ええ、弟の不審死を調べていた刑事さんから聞きました」

「雄二さんは、どうして倉田と揉めていたんでしょう」

「はっきりとは分かりません。でも、刑事さんからは、倉田さんが弟に、うちの手伝いをするようにと説教していたんだと聞きました」

「来年、結婚されるそうですね」

香山は言った。質問の流れについては、事前に相楽と打ち合せをしてあった。

杏子は一瞬目を向けたものの、再び視線を落としたまま、はい、と小さくうなずく。

「相手は雄二さんの高校時代の担任だった桜井修一さんと伺っていますが」

ええ、とまた小さく答える。

「その結婚話に、亡くなられた雄二さんだけが、いい顔をされなかったそうですが、その理由をご存じですか」

杏子は無言だった。

その反応から、雄二が、西岡や清水たちからの虐めに遭っていたことも、さらに、それを担任だった桜井修一が見ぬふりをしていたことも知らないのだ、と香山は察した。

そして、三宅と増岡の聞き込みによって、その理由についても、ある程度の当たりが付いている。桜井修一の母親と清水道夫の母親は、実の姉妹なのだ。つまり、桜井修一と清水道夫は、年齢こそかなり離れているものの、血の繋がった従兄弟同士ということになる。となれば、その虐めの事実を隠したくなるのは、ある意味では無理もないかもしれない。

杏子の視線が落ち着きなく揺れている。そして、ふいに顔を上げると、唐突に言った。

「倉田さんは絶対に無実です――」

そのまま唇を噛み締めて、杏子は体を震わせて黙り込んでしまった。

香山は相楽と顔を見合せた。相楽は納得がいかないという表情を浮かべており、香山も同じ気持ちだった。

逮捕状の読み上げと、それに対して倉田が一切抗弁しなかったことから、松子は、倉田が罪を犯したと信じている。ところが、同じ状況を目の当たりにしながら、杏子は彼の無実を頑なに信じているのだ。あまつさえ、かつての傷害事件にも《拠無い事情》があったはずだとまで擁護している。いったいどこから、そんな考えが生じたのだろう。杏子と倉田が恋愛関係ならば、それも納得できたかもしれない。しかし、彼女は桜井修一と結婚する身なのだ。

「最後に、もう一つだけお訊きします。西岡卓也が殺害された八月七日に、あなたも船橋に行かれましたよね」

香山の言葉に、杏子が身を硬くするのが感じられた。

「覚えていません」

視線を合せぬまま、彼女は短く言った。

「覚えていない？　わずか数日前のことですよ。あなたは、ウエディングドレスの仮縫いのために、洋装店に行かれたんじゃないんですか」

だが、杏子は口を開こうとはしない。

香山は思い切って言った。

「もしかして、あなたは西岡卓也を知っていたんじゃないですか」

「いいえ、そんな人は知りません」

間髪容れず、杏子は言ったものの、表情が強張っている。

香山がそんな質問を思いついたのは、西岡卓也が弟の雄二の同級生で、しかも、雄二を陰湿な手段で虐めていた相手だったことと、その虐めについて、田口雛子が担任の桜井修一に訴え出たという事実を知っていたからだった。

そして、目の前の女性の表情と態度は、たったいま口にした言葉が嘘である、と告げているように思えたのである。

六

その頃、三宅と増岡は、石川節子から聞き取りをしていた。

場所は、夕凪館の裏手である。

「やっぱり、倉田さんのことを調べていたんじゃないですか」

増岡が、西岡卓也殺害の容疑で、倉田忠彦を逮捕して、その補充捜査のために、聞き取りをしたいと切り出すと、石川節子はあからさまに不愉快そうな表情を浮かべて、非難がましく言った。

「石川さん、内偵の段階では、被疑者の家族や周囲の人たちには、こちらがどんな事件を調べているか、一切話せないものなんですよ」

増岡は言い訳をした。

すると、石川節子が首を振った。

「でも、私、今でも信じられません。だって、倉田さんは、とっても善良な人なんですから」

石川節子が夕凪館に出勤してみると、すでに倉田忠彦は殺人容疑で逮捕されていたのである。

「あんたね、どんなに善良な人間でも、ついカッとなって、見境をなくすことがあるんだよ」

三宅が説教口調で言った。

「いいえ、あんなにいい人はめったにいませんもの。以前に傷害事件を起こしてしまったことを後悔して、いっそう慎み深くなっているんだと思います。そんな人が、人を殺すはずがありません。だいいち、正義感の強い人なんですから」

「正義感が強い？」

三宅の鸚鵡返しの問いに、石川節子が慌てたように口に掌を当てた。

「石川さん、もしかして、ほかにも何か、倉田忠彦のことを、ご存じなんじゃないですか」

　増岡は言った。

　石川節子の視線が落ち着きなく揺れている。

「あなたが、倉田のことを庇うつもりなら、知っていることを何もかも、私たちに話していただけませんか」

　その言葉に、石川節子が堪りかねたように口を開いた。

「実は、私、襲われそうになった杏子さんを、倉田さんが助けるところを見ちゃったんです」

「杏子さんが襲われそうになった？」

「倉田が助けた？」

　増岡と三宅の驚愕の言葉が、重なった。

　きまり悪そうに、石川節子が渋々とうなずく。

「このことは、絶対に他言しないつもりだったんですけど、倉田さんがこんなことになったから、この際、話しちゃいますけど、あれは七月の後半だったと思います。私がここの仕事を終えて、自宅へ帰るために館山駅へ向かっていたとき、偶然に見かけたんです」

「七月後半とは、何日のことだったんですか。具体的に説明してください」

増岡の言葉に、石川節子がうなずいた。

「確か、七月二十一日のことだったと思います。午後八時過ぎに夜道を歩いていたら、女の人の悲鳴が聞こえたんです。それで、慌てて路地の角を曲がったら、二人組の男たちが、女性に摑みかかっているじゃないですか。私、びっくりしましたけど、どうしたらいいか分からず、その場に棒立ちになってしまいました。そうしたら、向かいの道から男の人が凄い勢いで走ってきて、その二人組を追い払ったんです。私も意を決し、そばに駆け寄ると、追い払ったのが倉田さんでした」

「襲われかけたのが、杏子さんだったんですね」

石川節子がうなずく。

「ええ、そうです」

「で、あんたは、その二人組の変態野郎の顔を見たのか」

三宅が口を挟んだ。

「いいえ、二人とも目出し帽を被っていて、こんな季節なのに長袖姿で、手袋までしていましたから」

石川節子の言葉に、三宅が舌打ちを漏らした。

増岡は言った。

「でも、相手は男の二人組だったんでしょう。倉田は危険だと思わなかったのかしら」

増岡の言葉に、それまで饒舌だった石川節子が黙り込んだ。

「どうしたんですか」

増岡は言った。西岡卓也の殺害事件には、あまりにも腑に落ちない点が多過ぎるのだ。それに、友部雄二の不審死のこともある。ここへ来る車中で香山と相楽が交わした会話から、増岡は事件の裏側に明らかになっていない真実が隠されていることを感じていた。三宅も同様だったらしく、彼女の目顔にうなずき返した。

「あんたの一言が、倉田のこれからの人生を左右することだってあり得るんだぜ。この際、知っていることを、残らず教えてくれよ」

すると、石川節子があたりを憚るように声を潜めて言った。

「だって、倉田さん、杏子さんのことが好きだから」

「えっ、それはどういうことですか」

増岡は言った。

「倉田さんが夕凪館で板前として働くようになって、すぐに私、この人はずっと苦労してきたんだなって感じました。真面目だし、板前としての腕もとびきりいいのに、それを少しも誇ることもなく、いつも謙虚にしているんですもの。ううん、謙虚どころか、あんな体の大きな人なのに、いつも小さくなっているんです。それが、以前に起こした傷害事件のせいなのか、別の理由からなのか、それは私にも分かりません。けれど、そんな倉田さんのことを、ご主人の喜久治さんは、当然のような顔で見ているし、女将さんも、どこかで当たり前だと思っています。

だけど、杏子さんだけは、傷害事件を起こしたことなんかまったく気に掛けないで、いつも明るく普通に倉田さんに接していました。だから、最初、倉田さんも戸惑っていたようでした。でも、そのうち、杏子さんが優しく接すると、人の見ていないところで、倉田さんが嬉しそうな表情を浮かべているのを、私、見ちゃったんです。そりゃ、そうですよね。他人から冷淡に扱われても仕方がないと諦めていた人間が、思いもかけず温かい気持ちに触れれば、どれほど嬉しいことか。だから、そんな相手に密かに好意を抱いたとしても、ちっとも不思議はないじゃないですか――」

そこまで言うと、石川節子が目を赤く潤ませて、慌てたように言い添えた。

「――だからって、倉田さんは、杏子さんとどうかなりたいなんて、毛ほども考えていないと思いますよ。絶対に、そんな人じゃないもの。もちろん、杏子さんだって、倉田さんに想いを寄せて、親切にしているわけではないと思いますよ。――それはともかく、あの晩、倉田さんが少しの躊躇いもなく、その二人組に立ち向かっていったことを後になって思い出して、ああ、やっぱり、この人は杏子さんのことが好きなんだな、と私は確信したんです。もちろん、そのとき、倉田さんは出刃包丁を振りかざしていましたから、相手が二人組でも、さして危険じゃなかったこともありますけど」

「出刃包丁──」

増岡は声を上げた。

「ええ、仕事道具として、ちょうど新しいのを買ってきた帰り道だったそうです」

「それにしても、杏子さんは、どうしてそんな夜道を歩いていたんですか」

「私も、それが気になって、杏子さんに訊きました。そうしたら、夕刻に雄二さんから携帯電話に電話が掛かってきて、アルバイトしている喫茶店に来てほしいと言ってきたんだそうです。ところが、《やじろべえ》に行ってみると、大した用事もなく、コーヒーを一杯飲んで、店を後にしたとのことでした。そして、夕凪館へ帰るために夜道を歩いていたときに、ふいに気分が悪くなったんだそうです。二人組に襲われたのは、その直後だったと話していました。いきなりガムテープのようなものを顔に巻かれて、首も絞められかけて、《騒ぐなよ》と一人が言い、《声を出したら、殺すぞ》ともう一人の犯人が耳元で言ったと、杏子さんは話していました」

増岡は、三宅と顔を見合せた。連続婦女暴行事件の手口と、まったく同じではないか。だとしたら、あの連続婦女暴行事件は、三件ではなく、実は四件起きていたことになるのだ。

「どうして、そのことをすぐに警察に届けなかったんですか」

「それは——」

石川節子が言い淀んだ。

「もしかしたら、杏子さんが躊躇ったからじゃないですか」

増岡は言った。

その言葉に、決心したように石川節子が言った。

「実は、その通りなんです。桜井修一さんの母親や親戚の人たちが、杏子さんとの結婚に乗り気じゃないんだそうです。だから、男たちから襲われかけたと届けたりしたら、噂に尾ひれがつきかねないからって、倉田さんと私に、絶対に他言しないでほしいと懇願なさったんです」

「そういうことをするから、変態どもをのさばらせるんだよ」

三宅が苦々しそうに言った。

「でも、杏子さんの気持ちにしてみたら、無理もないと思いますよ」

増岡は言った。

すると、石川節子がふいに思い出したという顔つきになった。

「そういえば、あのとき、杏子さんが、雄二さんのアルバイトをしている喫茶店に行ったと耳にした倉田さんが、妙なことを漏らしていましたっけ」

「妙なこと？」

「ええ、昼間、倉田さんが町のドラッグストアに立ち寄ったら、そこで雄二さんを見かけたと言ったんですよ」

増岡は、またしても三宅と顔を見合せた。

「どうしますか」

「まずは、主任に報告だ」

三宅が言い放った。

七

船橋署の広い刑事部屋の壁際の中央には、課長のデスクが置かれている。その左右に課長代理のデスクがあり、その前に、知能犯、強行犯、暴力犯、盗犯などの部門別の机の列が並んでいた。そして、それらの列の背後に、壁で仕切られた狭く細長い取調室がずらりと並んでいるのだ。

その一番右端の取調室で、米良は逮捕した倉田忠彦の取り調べに当たっていた。細長い部屋の奥で、倉田がパイプ椅子に座り、小さなデスクを挟んで米良が対座している。斜め背後の左側の壁際にも、小さなデスクが置かれていて、立川が着いていた。

彼の役目は、事情聴取の記録係である。立川の右前方の壁に洗面台と鏡が取り付けられていて、その鏡を通して、尋問を受ける倉田の表情を、立川も確認できるようになっている。

氏名、生年月日、本籍地、現住所、職業、家族構成、学歴、経歴、前科前歴、資産、収入など、人定に関する尋問だけで、二時間以上を費やした。そして、ようやく、事件に関する取り調べに移ったものの、それから三時間が無意味に経過してしまったのである。

米良はこれまでにも、ひどく変わった容疑者たちの取り調べに当たった経験があった。異常に興奮しやすい若い男。妄想に憑かれているとしか思えない、若作りの女。虚言癖の老人。倒錯的な趣味の中年男。しかし、それらの連中がいかに異常に見えても、そうした奇矯な振る舞いや言動の裏には、ほとんどの場合、冷静で狡猾な計算が働いているのを感じ取ったものだった。いかにして罪を免れるか。自分にかけられている罪状を、どうすれば軽くできるか。そうした打算の要素が、彼らの示す変わった態度に見え隠れしていたものだった。まして、重大な罪を犯した犯人が、頑なに黙秘することなど、決して珍しくない事態と言える。

だが、目の前の倉田の黙秘は、そのどれにも当てはまらないと米良には思えた。事件の起きた現場にいたことは、二人の目撃者によって証明されている。被害者の側頭部の傷の状況と、使用された凶器は完全に一致し、その凶器に被害者の血の付いた指紋が残されていて、その指紋は倉田のものに間違いないのだ。この三つだけでも、十分に起訴が成り立ち、検察は裁判で有罪を勝ち取ることができるだろう。

だが、米良の疑問は、そこから先のことだった。《行確》を行ってきた三つの組からの報告によれば、八月八日以降、倉田は夕凪館から一歩も外出していないという。つまり、倉田が偽のアリバイを作ろうとしたり、逃走を図ろうとしたりした気配は皆無なのだ。とすれば、自分が捕まることが分かっていながら、この男は手を拱いて逮捕を待ち構えていたことになる。

「いい加減に、動機を話したらどうだ」

何度目か分からない質問を、米良は繰り返した。

それでも、何も置かれていないデスクの向かい側で、倉田が口を閉ざしている。

その顔から目を離さぬまま、米良は改めて、この男の人生のことを考えた。子供の頃に両親を交通事故で亡くし、妹とともに親戚に引き取られたという。そして、中学を卒業後、板前の修業に入ったのだ。わずか十五歳で、大人の世界に飛び込んだとき、この男は、いったい何を感じたのだろう。そう思ったとき、米良は、香山と相楽が保護司の鈴木正三郎から聞き出したという言葉を思い出した。

《とても物堅い生真面目な男です。湯島の方にある一流料亭で〔追い回し〕からいまの仕事を始めたと聞きましたが、その板前の修業で、上の者から厳しく仕込まれたのでしょう。一メートル八十センチと大きな体をしているのに、腰が低く礼儀正しいし、人を押し退けるような気質もありません。保護司として、倉田と面談するようになって、傷害事件を起こしたことが、まったく信じられない気持ちでした》

普通のサラリーマンなどと違い、板前の世界は、昔風の厳しい上下関係がいまも厳然と残っているのだろう。上の者から厳しく仕込まれたという鈴木正三郎の言葉は、おそらく、言葉よりも先に手が出るという意味と考えて間違いないはずだ。そんな環境の中で、物堅い真面目な人柄に形作られながら、傷害事件を起こし、そのうえ、今度は殺人事件まで起こすとは、いったいどうしてなのだ。

そこまで考えたとき、ふいに米良の頭に閃くものがあった。

「倉田、おまえは七月二十五日の晩、夕凪館の裏手で、友部雄二の胸倉を摑んで、説教していたそうだな」

その言葉に一瞬だけ、倉田忠彦の肩が痙攣するように動くのを、米良は見落とさなかった。

「宿の仕事を手伝えと言っていたというが、それは本当なのか」

何を言っても、暖簾に腕押しという感じで、どこか平然としていた顔つきに、初めて緊張が奔り、視線が小刻みに揺れている。

米良はその気配から、今回の事件の要に突き当たった気がした。考えてみれば、友部杏子が結婚することで、夕凪館の人手が足りなくなるからといって、それを一介の板前が苦慮すべき事柄ではない。友部喜久治なり、松子なりが、新たな人手を手配すれば、十分にこと足りるはずなのだ。まして、杏子がまったくの無給で、家の手伝いをしていたとは考え難いだろう。時給の安いアルバイトの口はいくらでもあるだろうが、常勤の堅い仕事が払底している昨今、そうした仕事を欲しがっている人間は、いくらでも見つかるに違いない。

「もしかして、その晩、おまえが友部雄二を叱っていたのは、別の理由からだったんじゃないか」

倉田忠彦の額に、薄らと汗が滲んでいた。

「おまえが隠しているものは、いったい何だ」

デスクの上で固く握り合せている両手が、かすかに震えていることに、米良は気が付いた。

そのとき、取調室のドアにノックの音が響いた。

舌打ちを飲み込み、米良は息を吐くと、椅子から立ち上がり、背後のドアを開けた。

「係長、香山巡査部長から連絡が入っております」

若い制服警官が耳元で囁いた。

「分かった。――立川、ここを頼むぞ」

傍らの立川に、米良は声を掛けた。

「了解しました」

米良は、部屋の奥の倉田忠彦に一瞥を向けると、取調室を出てドアを閉めた。それから、刑事部屋の通信係の女性警官のもとに近づいた。

「どの電話だ、香山からの連絡は」

「外線の三番です」

米良はそばにあった電話の受話器を握ると、三番のボタンを押した。

「米良だ」

《係長、香山です。三宅たちと手分けして、夕凪館の人たちから聞き取りを続けていますが、幾つか、気になる点が浮上しました》

「気になる点？」

《ええ、まず松子の証言ですが、西岡卓也が殺害された日の十日ほど前から、倉田は沈んでいたそうです》

「十日ほど前と言えば、友部雄二が不審死した頃だな」

《その通りです。それから、雄二が夕凪館の手伝いをしなかった理由は、元を遡れば、雄二の家庭内暴力が原因でした――》

香山が説明を続けてゆく。気の小さな雄二が外でストレスを溜めて、それを自宅で爆発させて、物を壊したり、母親に手を上げたりしたこと。それに腹を立てた父の喜久治が、雄二の背後から馬乗りになって、折檻したことを説明し、さらに続けた。

《——杏子からも話を聞きましたが、こちらも解せない点があります。まず、私と相楽警部補が面談した松子にしても、三宅と増岡が話を聞いた喜久治にしても、倉田が今回の事件を起こしたことに、少しの疑いも抱いている素振りはありません。ところが、杏子だけが、倉田の無実を頑なに主張しているんです》

「どうしてなんだ」

米良は受話器を握り直して言った。

《いい人だからの一点張りです。そのうえ、以前に彼が起こした傷害事件についても、拠無い事情があったからだろう、とまで言い出す始末でした》

うーん、と米良は唸った。

受話器から、香山の声が続いた。

《しかも、事件の起きた八月七日、杏子も船橋にいた可能性が浮上しました。松子が口を滑らせたんです。ところが、その松子自身も杏子も、そのことについてはっきり認めようとしないんです》

「そこに、何かありそうだな」

《私もそう思います。それから、これは三宅と増岡が石川節子から苦労して引き出した証言ですが、七月二十一日の晩に館山市内で杏子が二人組の男たちに襲われそうになり、それを倉田が助けたんだそうです》

「何だと」

《詳しい説明は、署に戻ってからにしますが、例の連続婦女暴行事件とまったく同じ手口でした。しかも、杏子は雄二の働いていた喫茶店に呼び出されて、その帰り道で襲われています。こちらが摑んだ材料は以上です》

「分かった。少しずつだが、ばらばらだったピースが、結び付きかけているような気がするぞ。もう少しねばって、出来る限りの材料を拾ってくれ」

《了解しました》

通話が切れた。

だが、米良は受話器を握ったまま、いま耳にしたどの点を倉田にぶつけるべきかを考えていた。

八

その夕刻、香山と相楽は、船橋市内の洋装店を訪れていた。

「友部杏子さんですか」

洋装店の女主人が怪訝な顔つきで言った。五十は過ぎているだろうが、男性と見紛う短髪で、ほとんど化粧っけのない、ほっそりとした整った顔立ちの女性である。目に眩しいほどのオレンジ色のVネックのTシャツで、複雑な幾何学文様の紺色のロングスカートを穿いている。

香山はうなずく。彼と相楽は、洋装店の裏側にある作業室の壁際のソファで、女主人と対座していた。

「ええ、ウエディングドレスの仮縫いのために、最近、こちらを訪れたと聞きましたけど」

「杏子さんなら、確かにお越しになりましたよ」

「それは、いつのことでしたか」

「ちょっと待ってください、手帳にスケジュールが残っていますから」

そう言うと、女主人は席を立ち、奥の部屋に入った。

香山は手持無沙汰を紛らわすために、部屋の中を見回した。中央に巨大な作業机が鎮座している。反対側の壁は棚で覆われており、様々な布地が整然と積まれていた。その手前の小さ目のデスクの上に、三台のミシンと一台のロックミシンが置かれている。別の壁に等身大の鏡が嵌め込まれており、その手前に、布地を着せ付けられたマネキンが立っていた。天井を走るレールから、無数の照明がぶら下がっていた。

やがて、大型の黒い革表紙の手帳を手にして、女主人が戻って来た。

「友部杏子さんがお見えになったのは、八月七日ですね」

その言葉に、香山は相楽と目を見交わした。母親の松子も、杏子も、その日付のことを明確に話そうとしなかった。だが、どうして、そんなことをする必要があるのだろう。八月七日にここへ来た杏子について、帰宅した彼女から松子は何か不審な気配を感じていたのかもしれない。

昼間、杏子からの聞き取りをしたときの様子を、香山は思い浮かべた。懸命になって倉田の無実を訴え続けた杏子。思い詰めたような顔つきが、脳裏にくっきりと甦った。そこに、三宅からの報告が重なる。石川節子から聞き出したという、杏子が襲われかけた一件のことである。そのとき、彼女を助けたのは倉田で、しかも、昼間、彼は雄二がドラッグストアにいるのを見かけていたというのだ。ドラッグストアなら当然、睡眠導入剤を売っている。連続婦女暴行事件が新聞で報道されたのは七月十五日だから、その時点で、倉田は、杏子を襲った二人組が、一連の犯行を行ったのと同じ連中であることに気が付いた可能性もある。そのうえ、倉田は、密かに杏子のことを想っているらしい。

黙したまま扇子を開いたり閉じたりしていた相楽が、言った。

「ちなみに、杏子さんがこの店を出られたのは、何時頃でしたか」

「さあ、はっきりとした記憶はありませんけど、来店の約束の時刻が午後六時でしたから、仮縫いに一、二時間くらいは掛かったと思います」

香山は、頭の中で杏子の動静を思い浮かべてみた。ここから船橋駅へ向かう道筋の一つに、西岡卓也が殺害された現場の路地がある。時間と距離からして、事件発生時に、杏子もあの現場を通りかかった可能性があるということになる。

「ありがとうございました」

香山は低頭すると、立ち上がった。そして、付け加えた。

「私たちがここへ来たことや質問内容は、どうかご内聞にお願いします」

「ええ、心得ています」

女主人が緊張した顔つきで言った。

洋装店を辞して、相楽とともに駅に向かおうとしたとき、路上で携帯電話が鳴動した。

通話に切り替えて、耳に当てた。

《主任、三宅です》

「どうした」

《館山署にいる例の知り合いに、こっそりと電話を掛けてみました》

「卒配のときの同期か」
《ええ、そうです。で、やはり、こちらの睨んだ通りでした。私が清水道夫の聞き取りをした例の三崎巡査部長ですが、その後すぐにどこかへ電話を掛けていたそうです。しかも、そのときに知り合いが漏れ聞いた会話の中に、〔ご子息の道夫さんのことですよ〕という言葉があったとのことです》
「電話を掛けた相手は、清水勇作ということか」
《あるいは、議員秘書かもしれません》
「その辺りから危機感を抱いて、県警本部に働きかけをしたということか」
《可能性は十分にあると思います》
「だとしても、問題は、その程度のことで、なぜ清水勇作が危機感を抱いたかだな」
《父親から問い詰められて、道夫が何かやばい事実を告白したのかもしれませんよ》
香山はすばやく考えを巡らせた。清水道夫は、明らかに警察の動きに過敏になっている。その原因が、友部雄二に関わることであることも、たぶん間違いないだろう。しかも、増岡と三宅が、館山の衣料品店の従業員から聞き出した、七月後半の夜分に清水道夫と別の男が出歩いているのを見かけたという証言もあるのだ。しかも、そのとき、清水道夫の服が濡れていたという。それが七月二十八日だとしたら、まさに友部雄二の不審死が起きた晩ということになり、昼間、館山駅近くで、清水道夫が友部大きく息を吸うと、香山は一つの賭けに出る決心をした。

「三宅、もう一度、増岡と館山署へ赴いて、北条海水浴場周辺の防犯カメラの録画を調べてくれ。確か、館山署には、友部雄二が不審死した日の北条海水浴場近辺の、防犯カメラのハードディスクの映像をダビングしたビデオテープが保管されていると話していただろう」

《何を探せばいいんですか》

「七月二十八日の午後十時三十八分以降、どこかの防犯カメラに清水道夫の姿が映っていないかどうか、それを確認するんだ。おまえたちが衣料品店の従業員から聞き出した例の証言が、七月二十八日だったとしたら、清水たちが事件当夜、現場のすぐ近くにいたことを証明する物証になる」

《了解しました》

三宅との通話が途切れると、香山は、今度は自分から携帯電話を掛けた。相手は米良だった。

呼び出し音が二回繰り返したところで、相手が出た。

《どうした》

「香山です。いまさっき、相楽さんと、友部杏子がウエディングドレスの仮縫いのために訪れたという洋装店の主人と面談しました」

《何か分かったのか》

「友部杏子が船橋を訪れたのは、やはり八月七日のことでした。しかも、時刻や位置関係から、事件発生時に、彼女もまた、西岡卓也が撲殺された事件現場を通りかかった可能性があります」

香山は、清水道夫の不審な行動と、友部雄二の不審死に関連がある可能性を指摘し、三宅と増岡に不審死の当夜の、北条海水浴場近辺の防犯カメラの映像を調べるように命じたことを報告すると、さらに続けた。

「しかも、係長、思い出してください。事件の目撃者となった小森好美(こもりよしみ)さんは、《あの晩の》と女性が叫んだと証言しています。もしも、今回の一件で、事件の晩、西岡卓也との悶着(もんちゃく)に巻き込まれたのが友部杏子だったとしたら、一度目に彼女を襲った暴行犯の片割れは、西岡卓也だったという構図が成り立つのではないでしょうか。

西岡卓也が酔った勢いで、たまたま洋装店からの帰りに通りかかった杏子に《おい、待てよ》と声を掛けた。ところが、以前、二人組に襲われかけたとき、その一人の声を耳にしていた彼女は、それが同じ声だと気が付き、《あの晩の》と思わず叫んで、逃げ出した。咄嗟(とっさ)に、自分の犯行がばれたと気が付いた西岡卓也が、《何だと》と仰天して叫び、相手を追いかけた——事件の構図は、こんな風に描けるんじゃないでしょうか」

《つまり、連続婦女暴行犯の二人組の一人は、西岡卓也だったと言いたいのか》

米良の声に驚きの響きが籠っていた。

「いまの段階では、あくまで可能性の一つです。しかし、係長、大至急、西岡卓也のDNAと、連続婦女暴行事件の被害者の爪に残されていた皮膚片や衣服に付着していた体液のDNAの比較鑑定を行ってください」

《了解した。だが、依然として問題があるぞ》

「問題――いったい何ですか」

《倉田だ。あいつは、こちらの取り調べに対して、完黙を貫いている。そちらから連絡のあった新たな材料もぶつけてみたが、無言のままだ》

「つまり、否定すらしないということですか」

《その通りだ。香山、おまえがいま描いた構図が真実なら、今回の一連の出来事の中で、倉田が果たした役割は、いったい何なんだ。それに、凶器のワインボトルに残されていた指紋の存在は、どうなる》

香山は黙り込んだ。米良の言いたいことは訊くまでもなかった。確かに、倉田は、杏子に恩義を感じているに違いないし、好意すら抱いているらしい。だとしたら、取り調べに対して、完黙を貫いているのは、杏子を庇うための演技という可能性も捨てきれない。しかし、たとえ恩義や好意のためだったとしても、いくらなんでも、殺人の罪まで被る気になるだろうか。ここで罪を被れば、傷害事件の執行猶予が取り消されるだけでなく、殺人罪に問われて、長期の量刑を受けることは必定なのだ。下手をすれば、無期懲役の可能性すらある。倉田にも、その程度の推測が働いて当然ではないか。

そう思ったとき、香山の頭に閃くものがあった。夕凪館へ逮捕に向かう車中で、三宅が口にしていた言葉である。

《誰に訊いても、生真面目で謙虚だと、倉田を悪く言ったやつはいません。でも、よくよく調べてみると、あの男の本性は、とてもそんなものじゃないんです。人との深い付き合いをしない。女にも振り向かない。ギャンブルはおろか、めったに外出すらしない。唯一の気晴らしは、板前の仕事が終わった後、厨房で冷や酒を黙って飲むだけ。言ってみれば、あいつは馬鹿の字がつく堅物、いいや、自分ってものを捨てているんじゃないですか。でも、現実に、そんな生き方を貫く人間がいるなんて、私にはどうしても信じられません》

馬鹿の字がつく堅物――

自分ってものを捨てている――

そこまで思い詰めているのは、あの男の胸の奥底に、恩義や好意をはるかに超えた、もっと別の止むに止まれぬ切羽詰まった思いがあるからではないだろうか。
しかし、それはいったい何だろう。
《香山、聞いているか》
米良の声で、香山は我に返った。
《このままでは、倉田は送検となってしまうぞ》
「ええ、分かっています」
そのとき、香山は一つのことを思い出した。雄二が亡くなる三日前、倉田が雄二の胸倉を掴んで、何かを叱っていたという石川節子の証言である。そして、鈴木正三郎が口にしていたある話が耳に甦った。
「係長、一つだけ、私に考えがあります」
《考え？》
「これから、相楽警部補と習志野に行ってみようと思います」
《習志野へ？　何をするつもりだ》
「子供の頃に交通事故で両親を亡くした倉田と妹を、引き取って育てた遠縁の家があるはずです。その親戚が存命していて、倉田について、別の何かが分かるかもしれません」
傍らで、相楽が無言のままうなずく。

電話を切ると、二人は船橋駅へ向けて駆け出した。

九

倉田忠彦の本籍地は、習志野市鷺沼台一丁目だった。

京成津田沼駅から、東へ四百メートルほど行った辺りということになる。津田沼駅北口を出た香山は相楽とともに、夜道を小走りに進んでいた。

「香山さんは、この界隈に詳しいか」

肩を並べる相楽が訊いた。

「捜査のために、陽のあるうちに何度か来たことはありますが、とりたてて詳しくはありません」

同じように足を急がせながら、香山は答えた。

「若い連中なら、こういうときに、スマホのナビをいとも簡単に使うんだろうな」

「駄目ですね、刑事も新しい機器を使いこなせないと」

苦笑して言いながら、ふいに娘の初美のことを思った。この七月に、しばらくぶりに電話で話したときのことだった。

《お父さんも、そろそろスマホにしたらいいのに》

受話器から聞こえた声に、こちらを気遣う響きが籠っていた。

《複雑な操作は苦手だから、俺はガラケーのままでいいよ》

香山が言うと、すぐに声が返ってきた。

《年寄り向けの簡単なのもあるわよ》

《おいおい、まだぎりぎり四十代だぞ、父親を年寄り扱いするのか》

受話器から弾むような笑い声が流れたのだった。

総武本線の高架を潜ると、道の街灯が少なくなり、所々に広い畑が点在する地域になった。その間に住宅がまばらに建っている。

「たぶん、この辺りだな」

電信柱の住居表示を見ながら、相楽が息を弾ませて言った。

しばらく周辺を歩きまわって、家々の表札を確認してみたものの、《井上》という苗字の家は見当たらなかった。

周囲には、人けもまったくない。

「そこの民家で訊いてみますか」

香山は、近くの住宅を指差した。

「そうだな」

相楽が同意した。

「井上さんの家ですか」

玄関の上がり框に立った老婆が、懐かしそうに言った。名前は、川口文子（かわぐちふみこ）だという。

「ええ、確か、このあたりだと伺ったんですが」

香山は言い返した。警察の身分を名乗り、この界隈で井上という苗字の家を捜していると告げると、川口文子はすぐに思い出したのである。

「井上さんのところは、ご夫婦とも、とうにお亡くなりになって、残っていた家は、息子さんが処分されましたよ」

「どちらにあったのでしょう。その家は」

「うちの並びの四軒先です。いまはアパートが建っていますから、昔の面影はまったくありませんけど」

「ちなみに、お付き合いはありましたか」

「いいえ、まさか。近所付き合いなんて、ありませんでしたよ。あそこは変わり者の夫婦でしたから」

「変わり者？」

「他人の迷惑も考えずに、家の前に山ほども鉢植えを並べていたんですよ。ちょっとでも注意すると、自分の家の前に鉢植えを置いて何が悪いって、反対に怒鳴りつけるんですから。通行妨害だって役所に訴えた人がいて、担当の人が何度も来て、注意したんですけど、一向に聞く耳を持たなかったんですから」

香山は、隣の相楽と顔を見合せた。

すると、相楽が身を乗り出した。

「さっき、井上さんのご夫婦には息子さんがいたとおっしゃいましたけど、ほかにも子供がいたんじゃありませんか」

その言葉に、川口文子の顔つきが変わった。

「忠彦ちゃんと泰子ちゃんのことでしょう」

「ご存じなんですね」

「あの子たちだったら、そりゃいい子でしたよ。井上さん夫婦が変わり者の上に、とんでもない吝嗇な人たちでしたから、忠彦ちゃんが小学六年生の頃からアルバイトしていました。新聞配達です」

「妹は、泰子という名前なんですね」

「ええ、一つ違いで、可愛らしいお人形さんみたいな子でしたよ」

「その泰子さんは、いまどこに？」

その言葉に、川口文子は黙り込んでしまった。

「どうかなさったんですか」

だが、彼女は何か不快なことを思い出したように、無言のまま首を振る。

香山はおもむろに言った。

「奥さん、実は、ある事件で、その倉田忠彦に疑いが掛かっています。もしも、何かご存じなら、教えていただけませんか」

川口文子が驚きの表情を浮かべた。それから、一つ大きくため息を吐くと、渋々という感じで口を開いた。

「泰子ちゃんは、中学二年のときに自殺したんです」

香山は相楽と顔を見合せた。だが、すぐに視線を彼女に戻して、言った。

「自殺の理由は、何だったんですか」

川口文子がかぶりを振った。

「さあ、理由までは分かりません。――でもね、嫌な噂なら耳にしましたよ」

「嫌な噂？」

「ええ、井上さんちの息子が――あの頃、確か大学生だったと思いますけど、泰子ちゃんに変なことをして、それを苦にして自殺したんじゃないかって」

再び、香山は相楽と目を見合せる。互いに、苦々しい顔つきになっていた。

その相楽が口を開いた。

「ちなみに、倉田忠彦さんと親しくしていた友人をご存じありませんか」

「ええ、うちの息子が中学校でずっと同級生でしたから。うちへも時おり遊びに来ていましたからね」

「その息子さんは、いまどちらに」

「千葉市内に住んでいますよ。とうに結婚して、三人の子供までいますから」

「ちなみに、息子さんのお名前は？」

「哲夫（てつお）ですけど。字は、哲学の哲に、夫です」

「申し訳ありませんが、その息子さんのご自宅の住所をお教えいただけませんかね」

相楽の言葉に、つかの間、川口文子は黙り込んだものの、すぐにうなずいた。

「ええ、かまいませんよ」


三宅から電話が掛かってきたのは、香山と相楽が京成津田沼駅の改札へ入ろうとした直前だった。

咄嗟に、香山は腕時計に目をやりながら、携帯電話を耳に当てた。

午後七時半過ぎ。

「どうだった」

《主任、大変なことが判明しました》

息せき切ったように、三宅が言った。

「大変なこと？」

《ええ。館山署の庶務課に保管されているはずの七月二十八日の防犯カメラのビデオを調べようとしたら、ビデオが入っていた段ボールが空になっていたんです。昨日の午後、館山駅前のベーカリーの防犯カメラのビデオを確認したときには、確かに、十本近くのビデオが入っていたのを、私や増岡がはっきりと目にしているのにですよ》

香山は絶句した。

その沈黙の意味を悟ったのだろう、三宅が続けた。

《どうやら、先を越されてしまったようです》

「清水勇作に御注進した例の巡査部長が、危険を察して、証拠になりそうなものを隠滅したってことか」

《証拠はありませんが、そうとしか考えられません》

香山は歯を食い縛り、考えを巡らせた。七月二十八日の昼間、君津（きみつ）のプラモデルショップから戻って来た友部雄二が、駅前の交番近くをうろついているのを、清水道夫が覗き見していたという事実は、三宅と増岡がはっきりと確認している。だが、その肝心のビデオが紛失してしまったいまとなっては、証拠能力は一気に減じたと言わざるを得ない。それに、北条海水浴場近くの道で夜分に、服を濡らした清水道夫ともう一人の男を見かけたという、衣料品店の従業員の証言にしても、七月の末という曖昧（あいまい）

な記憶だから、到底決め手にはならない。まして、この目撃者の存在が明らかになれば、当然、清水勇作が搦め手から圧力を掛けてくるだろう。そうなれば、その従業員もあっさりと証言を撤回することは目に見えている。

だが、と香山は思った。清水道夫がここまで徹底的な反撃に出て来たということは、裏返してみれば、彼が今回の一連の事件と深く関わっていることを暗に認めたことにほかならない。そんな人間の好き勝手など、絶対に許してはおけない。

携帯電話を握る手に力を籠めて、香山は言った。

「よし、向こうがそこまでやる気なら、俺たちも後には引けないぞ。こちらも対抗策を取ろうじゃないか。三宅と増岡は署に戻って、係長に伝えてくれ。清水道夫の逮捕状を請求するために、どんな手を使ってでも一課長を説得しておいてほしいと。状況証拠を含めて、これまで集まった材料があれば、逮捕状を取ることは難しくないはずだ」

《逮捕容疑は?》

「船橋市内における婦女暴行の容疑だ」

《被害者は?》

「最初の女性被害者だ。被害届が出されて、当時、船橋署が受理しているから、この一件なら、館山署でなく、俺たちで逮捕できる」

《了解しました》

電話が切れた。

するると、相楽が待ちかねたように口を開いた。

「三宅たちは、何を知らせてきたんだ」

「友部雄二が不審死を遂げた七月二十八日について、館山署の庶務課に保管されていたはずの館山駅周辺と北条海水浴場近辺の防犯カメラのビデオが、一つ残らず消えていたそうです」

相楽が目を大きく見開いたものの、すぐに目を眇めると、言った。

「やられたってことだな」

「ええ、間違いなく、内部の人間による証拠隠滅でしょう。——つまり、この事実は、清水道夫が友部雄二の不審死に関わっていたことを、暗に示していると言わざるを得ません。そして、その友部雄二が例の連続婦女暴行事件に関わっていたことも間違いないと思われるのですから、清水道夫もその一件と関係していた可能性があるということになると思います」

相楽が眉根を寄せて言った。

「しかし、二人組の婦女暴行犯の片割れは、おたくの筋読みでは、友部雄二ではないんだろう」

「ええ、その点が、あの事件の捜査を混乱させた要因だったかもしれません」

「何を言いたいんだ」

「新聞記事で読んだ、睡眠導入剤を用いたという連続婦女暴行事件の犯行の特徴、杏子を襲った二人組の様子、雄二がドラッグストアにいたという事実などから、倉田忠彦は雄二がその事件に関わっている可能性に気が付いたんでしょう。そして、七月二十五日の晩、雄二に詰め寄ったんです。おそらく、そのとき雄二は関わりを認めたのではないでしょうか。しかし、倉田は雄二を厳しく咎めただけで、警察には届けなかった。なぜなら、雄二がそんな犯罪に手を貸したことが発覚すれば、杏子の結婚が破談となってしまうからです。ともあれ、雄二はそのことで落ち込み、アルバイトを辞めてしまった。さらに、交番に出頭しようかとまで思い詰めたのではないでしょうか。ところが、その晩に雄二は不審死を遂げてしまった」

「その不審死が、倉田に、西岡卓也殺害の罪を被る決意をさせてしまった動機、と見るわけか」

香山はうなずく。そして、いまさっき、倉田を引き取ったという親戚の家の近所で聞き込んだ嫌な話が重なった。

「しかし、その筋読みだけで、ホンボシを落とせるのか。館山署内部の人間にまで手を回してくるほどの相手なんだぞ。真相を闇に葬るためなら、遮二無二やって来るに決まっている」

「薄氷を踏む賭けですが、このホシだけは、どんなことがあっても、野放しにするわけにはいきません」

「当然だ。俺も賭けてみる」

二人は京成津田沼駅の改札を入った。これから、千葉市内に住んでいる川口文子の息子、川口哲夫のもとを訪ねるつもりだった。中学時代に、倉田忠彦とずっと同級生で親しくしていたとしたら、倉田の人となりを知っている可能性が高いのだ。

十

川口哲夫は、千葉駅の北側に当たる中央区椿森三丁目の低層マンションに住んでいた。

西側に百メートルほど行くと、千葉公園野球場や千葉競輪場のある界隈である。二人がマンションの二階の玄関前に立ったとき、すでに午後八時を回っていた。

「仕事から帰っていますかね」

香山は息を弾ませて言った。

「だといいが」

言いながら、相楽がインターフォンのボタンを押した。室内でチャイムが響き、ほどなくインターフォンのスピーカーからくぐもった女性の声が流れた。

《どちら様でしょうか》

「警察の者です。県警本部の相楽と申します。こちらの川口哲夫さんから、ちょっとお聞きしたいことがありまして、夜分、不躾とは思いますが、お訪ねいたしました」

《ちょっとお待ちください》

慌てた感じの声が返ってきた。

玄関の錠を外す音がして、ドアが開いたのは、それから二、三分後だった。

「何でしょうか」

顔を出したのは、三十歳過ぎくらいの小柄な男性だった。七三分けの髪型で、穏やかそうな目鼻立ちをしており、いかにも実直なサラリーマンという感じだが、紺色のトレーナーに、下はグレーのスウェットというなりで、素足だった。

「県警本部の相楽です」

相楽が警察手帳の身分証明書を示した。

「船橋署の香山です。こんな遅くに済みません――」

香山は同じように身分証を呈示すると、続けた。

「――ついさっき、習志野にいらっしゃるお母様からお伺いしたのですが、川口さんは、中学生のときに、倉田忠彦と同級生だったそうですね。しかも、かなり親しくされていたとか」

その言葉に、川口哲夫が戸惑うような顔つきになった。

「ええ、倉田なら、確かに中学のときの同級生でしたし、親しくしていましたけど。それが何か？」

「実は、現在、私どもも、ある重大事件の捜査をしているのですが、その過程で、容疑者の一人として、倉田忠彦の名前が挙がっています」

そこまで言うと、香山は言葉を切った。川口哲夫に対して、倉田忠彦が重大事件の容疑者と目されていると有体に明かすことについては、事前に相楽と打ち合せてあった。かつての同級生で、自宅に招くほど深い付き合いのあった人物ならば、周囲が窺い知れない倉田の人間性を知っている可能性があると考えたからである。

「重大事件って、いったいどんな？」

「現段階では、具体的には申し上げられません」

香山は川口哲夫の顔を見つめた。

すると、川口哲夫が視線を逸らして、言った。

「私から、何を聞きたいんですか」

「倉田忠彦とは、どういう人物ですか」

言葉に詰まったように、川口哲夫が黙り込んだ。だが、やがておずおずと口を開いた。

「あいつは、可哀想なやつですよ」

「可哀想？」

「ええ、小学生のときに、両親が東名高速道路でトラックに追突されて亡くなったんです。しかも、引き取られた親戚というのが、とんでもない夫婦でね」

香山がうなずく。川口文子からすでに聞かされた話である。

「吝嗇だったそうですね」

「それだけじゃありません。倉田兄妹が子供だったことをいいことに、両親の遺した財産を横取りしたらしいんですよ。あいつがそのことに思い当たったのは、中学三年になってからでした。だから、それまで、育てられているという負い目を感じて、子供なのに新聞配達のアルバイトまでしていました」

そこまで言うと、川口哲夫は大きなため息を吐いたので、その場に沈黙が落ちた。

すると、黙っていた相楽が口を開いた。

「現在の倉田は、ひどく物堅い生真面目な男です。昔から、そういう気質だったんですか」

「いいえ、とりたてて物堅い人間ではありませんでした。むしろ、よく笑う、楽しいやつでしたね」

昔を思い出したのか、川口哲夫が懐かしがるような表情を浮かべた。

「よく笑う――」

相楽が鸚鵡返しにつぶやいた言葉に、内心の驚きが籠っているのを香山は感じた。確かに、現在の倉田の評判からは想像できない。

「ちなみに、現在、倉田は親しくしている人間がいないと聞いていますが、あなたとは、どうなんですか。連絡を取られていますか」

「いいえ」

一転して、川口哲夫の顔が曇った。

「どうかなさったんですか」

香山は言った。

「あることで、付き合いをやめてしまったんです」

「付き合いをやめた？」

暗い目つきで、川口哲夫がうなずく。

「倉田には、泰子ちゃんという妹がいました」

「そのようですね。お母様からお聞きしました。自殺したそうですね」

「母が話したんですか。だったら、例の噂のことも聞いたんでしょう」

「ええ、伺いました。井上夫妻の息子が、妹に悪戯(いたずら)していたという噂があったそうですね」

「噂なんかじゃないんです」

香山は相楽と顔を見合せたものの、すぐに訊いた。

「どうして、そのことをご存じなんですか」

「倉田が学校に忘れた教科書を、私が家に届けに行ったことがありました。あれは夏休みが明けたばかりだったから、たぶん、九月頃だったと思います。そのとき、いつものように玄関横から庭へ回って、何気なく居間を覗いたら、あの変態大学生が泰子ちゃんに抱きついているのを見てしまったんです」

再び、その場に沈黙が落ちた。

その静寂を、相楽が破った。

「それで、あなたはどうなさったんですか」

「何もできませんでした。中学三年でしたし、小柄でしたから。だから、学校で倉田を校舎の屋上に呼び出して、思い切ってそのことを話しました。しかし、最初、倉田は信じようとしませんでした。もしも、そんなことがあれば、妹が自分に黙っているはずがないと。そして、執拗に大学生の悪戯を言い立てる私に逆に腹を立てて、喧嘩(けんか)になってしまったんです」

「それで、喧嘩別れしたんですか」

「いいえ、違います」

「違う？」

「はい。その年の十二月に、泰子ちゃんが近くのマンションの非常階段から飛び降りました。遺書はなかったことになっていますが、それも違います。兄に宛てた遺書が残されていたんです。そこに自殺の動機が記されていて、それを読んだ倉田は、私のところへ来て、手をついて涙ながらに詫びました。私は、そんなことをする必要はないと言いました。けれど、あいつはこう言ったんです。妹が悪戯されていると、私から知らされたとき、実は、薄々勘付いていたと。それでも、家から追い出されるのが怖くて、気が付かないふりをしてしまったと。自分の両親の財産を横取りされたらしいと気が付いたのも、同じ頃だったそうです。だから、そんな妹の苦境に気付きながら、見て見ぬふりをした挙句に、自殺に追い込んでしまった自分は、もう誰とも付き合う資格などないし、これから一生、妹に詫び続けながら生きてゆくんだと、そう言い残して、あいつは帰って行きました」

　そう言うと、「ちょっと待っていてください」と川口哲夫は家の奥に引っ込んだ。そして、五分ほどすると、一枚の写真を手にして戻って来た。彼はその写真を香山に差し出し、「これが倉田とその妹です」と言い、話を続けた。

「あれ以来、倉田と言葉を交わしたことはありません。後になって、あいつが高校へ進学せずに、板前の修業に入ったと噂に聞きました。泰子ちゃんに死なれて、倉田はもうあんな家にいたくなかったんでしょうね——」

いつの間にか、目を赤く潤ませた川口哲夫が、涙声で続けた。

「——刑事さん、いまの倉田は物堅い生真面目な男だと言いましたけど、それはちょっと違うと思いますよ。あいつはたぶん、いまでも自分自身を許せずに、己を罰し続けているんじゃないでしょうか。本当に罰せられるべきなのは、井上夫婦とその息子のはずなのに。——それに、倉田が重大事件の容疑者と目されていると言いましたけど、私はあの男が罪を犯すはずがないと信じています」

香山はうなずいた。そして、写真に見入った。まだ子供っぽさを残した倉田と、おかっぱ頭のかわいらしい少女が並んで立っている写真だった。その少女の顔を目にして、香山は思わず胸を突かれた。

「川口さん、とても参考になりました。あなたの話された内容は、こちらの捜査に大いに役立ちそうです」

そう言うと、彼は相楽とともに低頭した。

低層マンションから外へ出ると、香山は、相楽に言った。

「もう一か所だけ、回ってみたい場所があります」

「どこだ」

「料亭の《角谷》です」

香山の言葉に、相楽が言った。

「瀬島五郎に傷害事件の真相を喋らせるんだな」

「ええ」

「できるか」

「こちらの推測を女房に話すと脅せば、嫌でも喋るでしょう」

「どんな推測だ」

「傷害事件の晩、どうして寝室に上条麗子がいたのか。そして、本当は誰がどんな理由で瀬島五郎を刺したのか――いいや、刺さねばならなかったのか」

「なるほどな」

相楽がうなずいた。

二人は改札に入った。

第五章　唯一の証拠

一

「これって、いったい何なんですか」

船橋署の取調室で、パイプ椅子に座った清水道夫が、平然とした顔つきで言った。六四に分けた艶やかな髪。瑕疵一つないほど整った瓜実顔。少し顎を上げて、小馬鹿にしたような目つきを向けている。

デスクを挟んで、香山は彼と対座していた。背後のデスクには、記録係の増岡が着いている。

「今朝、稲毛にあるおまえのマンションの玄関先で、ちゃんと逮捕状を読み上げてやっただろう。船橋市内における婦女暴行の容疑で逮捕されたんだ。もう忘れたのか」

「はぁ？　婦女暴行だって」

清水道夫は視線を逸らすと、呆れたと言わんばかりの声を上げた。

香山は、相手をしばし見つめる。

今朝の午前六時ジャストに、稲毛区にある瀟洒なマンションの玄関横のインターフォンを三宅が押したとき、《どちら様？》という落ち着き払った声が返ってきたのだった。三宅が《船橋署の者です。清水道夫さん、あなたに逮捕状が出ています。いますぐに、このドアを開けなさい》と言うと、すぐに錠を外し、ドアを開いた。白いポロシャツに、七分丈のブルーのスキニーという姿だった。警察の逮捕を見越していたことは、まず間違いなかった。

「そんなこと、まったく身に覚えがないんですけどね。だいいち、相手が誰だか知らないけど、僕が暴行したっていう証拠が、いったいどこにあるんですか」

「被害者本人から、被害届が提出されており、船橋署が受理した。むろん、病院には診察と治療を行ったという記録が残されているはずだ。裁判所の正式な要求があれば、それは難なく開示される。つまり、この逮捕は、正当な手続きなんだよ。ちなみに、今頃、おまえの住んでいたマンションは、大家の立ち会いのもと、捜査員たちが徹底的にガサ入れしているだろう」

平然とした顔つきのまま、清水道夫が肩を竦めた。

「どうぞ、天井裏でも、床下でも、気が済むまで家宅捜索をすればいいでしょう。あんたらに都合のいい証拠なんて、何一つ出てきやしませんから」

深みのある甘い声の自信満々の口ぶりにも、香山は表情を変えない。館山署に保管されていたはずの防犯カメラのビデオまで、いともあっさりと始末するような手合いなのだ。逮捕を予感していたのなら、当然、現在住んでいるマンションはもとより、館山にある自宅や出入りしたあらゆる場所について、警察に目をつけられそうな物品や情報は、一つ残らず隠滅されていることだろう。

清水道夫が、ふいにこちらに目を向けた。香山が黙り込んだことで、かすかに不安を覚えたのかもしれない。

「それよりも、家に電話させてもらえませんか」

「いいや、だめだ。いまは接見禁止だ」

「だったら、うちの弁護士に連絡してください。接見禁止でも、弁護士だけは例外ですよね」

「ほう、やけに詳しいじゃないか」

「そんなことくらい、常識ですよ」

「分かった、おまえが逮捕されたことは連絡しよう」

「いいや、いますぐに連絡してください」

香山は立ち上がると、取調室のドアを開けた。

「誰かいるか」

「はい」

　若い制服警官がすぐに現れた。

　香山は指示を出した。そして、ドアを閉めると、再びパイプ椅子に座り直した。

「だったら、人定に関する質問から始めようか。まず、生年月日は？」

「平成十年五月二十日」

「年齢は？」

「二十歳」

「本籍地は？」

「千葉県館山市北条（ほうじょう）――」

「現住所は？」

「千葉県千葉市稲毛区緑町（みどりちょう）一――」

「職業は？」

「大学生」

「家族構成は？」

「両親と僕だけですよ」

　香山の繰り出す質問に、清水道夫が淡々と答えてゆく。

「よし。時間も限られていることだから、本題に入ろうか。六月三十日、おまえはどこにいた」

「記憶にございません」

テレビの国会中継でもまねたのか、わざと作ったような口調で答えると、斜め上の虚空を見上げる。

形のいい鼻の穴と、髭の剃り跡すら見られない肌理の細かい顎が、香山の目に留まった。

「六月三十日は、土曜日だった。おまえの通っている大学に問い合せして調べたが、授業はほとんどないそうだな」

清水道夫が目を向けた。

「そんな下らないことが、僕が婦女暴行犯だという証拠になるんですか」

それには答えず、香山は続けた。

「これまでに、この船橋に来たことはあるのか」

「さあ、忘れましたね。原宿や六本木なら、しょっちゅう行きますけど、千葉にはあまり面白い場所がないから」

「船橋市内に親しくしている友人が住んでいたんだろう。何回か遊びに行ったんじゃないのか」

「親しくしている友人？」

「西岡卓也だ」

ほんの一瞬だけ、清水道夫の頬が引き攣るのを、香山は見逃さなかった。

だが、すぐに元の顔つきに戻ると、わざとのように欠伸をしながら言った。

「ああ、卓也ですか。あいつが船橋の大学に行っていることは、もちろん知っていますけど、遊びに行ったことは一度もありませんね」

「ほう、高校の同級生で、部活も一緒だったし、ずいぶんと親しくしていたそうじゃないか」

「まあ、それなりにね。でも、別々の大学に進学して、お互いに新しい友達もできたから、いまさら旧交を温める暇なんてありませんよ」

「西岡卓也が殺されたことは知っているな」

つかの間、清水道夫は黙り込んだものの、すぐに言った。

「もちろん、知っていますよ。何日か前、そこにいる女刑事さんから聞きましたから。確か、撲殺だったと言っていましたっけ。それに、うちの親父は顔の広い人でね、色々と情報が入って来ますから」

「ほう、それはどんな情報だ」

「昨日の早朝、卓也を殺した容疑者の男が逮捕されたそうじゃないですか」

二重のつぶらな目に、かすかに嗤いを浮かべて、清水道夫が言った。

「そこまで知っているとは、たいしたもんだな。だったら、事件の経緯も知っているんだろう」

そう言うと、香山は事件が起きた晩の経過を説明した。事件の目撃者となった主婦が、男の怒鳴り声を耳にし、女の悲鳴も耳にしたことを説明すると、続けた。

「それなのに、現場から逃走したのは男性だったそうだ。おまえだったら、これをどう解釈する」

そう訊かれて、清水道夫がほっそりした眉を持ち上げて、面白がるような顔つきになった。

「おやおや、刑事が、一般市民の知恵を借りてもいいんですか」

「時には、そういうことをしてもいいだろう」

ふん、と鼻で嗤うと、清水道夫は言った。

「どこかの悪い男が、女性を襲おうとしたんでしょうね。ところが、ちょうどそこへ卓也が来合せて、女性を助けようとして、男と争いになり、その男が卓也を撲殺して、慌てて逃げ出した。たぶん、こんな筋書きに決まっていますよ」

「襲われかけた女性は、どうなったと思う」

「もちろん、卓也が殺される前に、とっとと逃げ出したんでしょう。女ってやつは、生まれつき身勝手な生き物ですからね」

　そこまで言うと、清水道夫が身を乗り出した。

「で、その犯人というのが、昨日逮捕されたという容疑者の男ですよ。何しろ、そいつの指紋がバッチリ付いた凶器のワインボトルが、現場に残されていたというじゃないですか」

　香山は黙り込んだ。捜査本部の捜査員しか知らない部外秘の情報を、こいつは知っている。当然、警察上層部から漏れた情報に違いない。となれば、捜査に掛かった圧力の源が、清水勇作だったことは、もはや動かしがたいだろう。だとしたら、清水親子は、今回の逮捕を見据えて、それなりの周到な準備をしていたという可能性も十分に考えられる。証拠となりそうな物の隠滅。パソコンやタブレット類のデータの完全な消去。そして、顧問弁護士による法律上のレクチャーと、想定問答の徹底した練習。そのうえ、倉田が逮捕されてから、すでに一日が経過しているから、あと二十四時間で彼が送検になることまでも計算に入っていると考えるべきだろう。たぶん、そうした万全の準備が、最前からの傲慢な態度になって表れているのだ。

「なるほど、おまえの親父さんの情報網は、たいしたものだな――」

二

米良は船橋署内の廊下を足早に歩いていた。

捜査本部の一課長から内線電話で呼ばれたのである。普段はあまり使われていない応接室の前に立ち、ドアをノックした。

「入れ」

途端に、息せき切ったような言葉が返ってきた。

「失礼します」

ドアを開けて、米良は足を踏み入れた。

「おい、取り調べはどうなっている」

一課長が、顔つきを強張らせて言った。

「取り調べ？　倉田のことですか」

「いいや、違う。今朝方逮捕した清水道夫の方だ」

「香山がいま取り調べを行っています」

「本当に、大丈夫なんだろうな」

「香山が、すべての材料を精査して取り調べに臨んでいますから、おそらく何とかなるかと」

「おそらくでは駄目だ」

米良は、一課長が度を失っていることに気が付いた。香山の思い描いた事件の全体像の説明を米良から受けて、一課長は渋々と逮捕状の請求に踏み切った。船橋市内で起きた婦女暴行事件の被害届と宣誓供述書、それに病院に残されているはずの診察と治療の記録。手続的には、まったく問題のない逮捕である。

だが、いま頃になって不安になっているのだ。確かに、香山の筋読みが外れていたら、いいや、清水道夫を落とすことが出来なければ、その責任問題は香山や米良に留まらず、この一課長にも及ぶことは必定だろう。

「何かあったんですか」

一課長のあまりの動揺ぶりに、米良は不安を募らせて言った。

すると、一課長が顔色を曇らせてつぶやいた。

「いまさっき、警察庁から署長のもとに電話が入った」

「警察庁から署長のもとに電話——」

鸚鵡返しに言った米良の言葉に、一課長が素早く視線を向けて、険しい表情のままうなずく。

「しかも、掛けてきたのは、警察庁次長だった」

米良は、思わず息を呑んだ。警察庁次長は、警視総監より階級は下位にあるものの、警視総監の権限が、東京都を管轄とする警視庁に限定されるのに対して、警察庁次長の力は全国の警察署にまで及ぶのだ。

「何を言ってきたんですか」

「清水道夫を逮捕した経緯を、根掘り葉掘り聞かれたそうだ。その場で俺が呼びつけられて、電話を替わり、事情をすべて説明した。だが、警察庁次長は電話を切る前に、もしも送検できないような事態になれば、ただでは済まないぞとおっしゃった」

「それで、どうお答えになったんですか」

「絶対に間違いありませんので、ご心配ご無用でございます、とその場はやり過ごした。――いいか、米良、どんな汚い手を使ってもかまわんから、清水道夫を絶対に落とせと、香山に伝えるんだ」

「了解しました」

米良は踵を返した。

三

「だがな、それとは逆の構図も描けるんじゃないか」

香山は、平然とした顔つきの清水道夫に言った。

「逆の構図？」

半眼の眼差(まなざ)しで、清水道夫が言った。

「そうだ。女性に襲いかかったのは西岡卓也の方で、いま犯人と疑われている人物が、その場に少し遅れて行き合せただけだったという構図だよ」

「だったら、卓也を殺したのは、いったい誰なんですか」

「当然、襲われた女性ということになる。言うなれば、正当防衛だ。女性は西岡卓也から襲われて、咄嗟(とっさ)に、近くにあった凶器で反撃したんだ。西岡卓也がしたたかに酒に酔っていたことも、彼にとってはハンデになっただろう。聞けば、西岡卓也は、酒に強くないそうじゃないか。普段はスポーツ万能でも、アルコールが入れば、反射神経は嫌でも鈍るからな」

その言葉に、清水道夫がニヤリと歯を見せた。見事なまでに歯並びの整った、真っ白な歯だ。

「警察は客観的な証拠や証言に基づいて捜査し、犯人を見つけだして、逮捕するんでしょう。逮捕された男が逃げてゆく姿が、事件現場近くの住人に目撃されているそうじゃないですか。しかも、その逮捕された男の指紋が、凶器のワインボトルに残っていたんでしょう。これは誰がどう考えたって、その男が犯人ですよ。しかも、そいつは取り調べに対して、黙秘を貫いているそうじゃないですか。したたかなやつですよね。人を殺したことなんて、たぶん、何とも思っていないんでしょう。そんなやつは、一生、監獄にぶち込んでおけばいいんだ」

「そこまで警察の内情を知っているとなると、こっちもやりづらいが、それは襲われた女性の罪を被るためだったと俺は考えている」

「はぁ？　襲われた女性の罪を被るためだって。そんな馬鹿なことがあるわけがないでしょう」

清水道夫が笑い声を上げ、続けた。

「どこに、そんなお人よしがいるっていうんですか。馬鹿らしい」

「いいや、ちっとも馬鹿らしくなんかない。人は思い詰めたとき、とてつもない決意を固めることがあるんだ」

「思い詰めたとき？」

「ああ、そうだ。おまえに、そんな経験はないかもしれないがな」

薄ら笑いを浮かべて、清水道夫は肩を竦めた。

香山は続けた。

「父親の情報で、おまえもとうに知っているかもしれないが、逮捕された容疑者は、保護観察付執行猶予者だった。だから、再び罪を犯せば、自動的にその執行猶予が取り消されることになる。むろん、新たに犯した罪の刑罰も受けなければならない。今回は、それが殺人だ。どれほど厳しい処罰が下るか、おまえに分かるか」

「さあ、そんなこと考えたことないし、興味もないから、まったく分かりませんねえ」

香山は黙り込んだ。世の中には、何一つ他人に誇るべきものを持っていない人間がいる。容姿。財産。才能。誰しもが羨むそれらに欠けていることで、他人を嫉み、自らの人生を恨む者が少なくない。しかし、たとえ一切恵まれずとも、いささかも不平不満に荒ぶることなく、慎ましく、穏やかに、日々を懸命に生きてゆく者もいる。この若者は、そのどちらでもない。生まれながらに、有り余るほどの豊かさを与えられながら、他人を踏みにじり、これ以上もなく傲慢に膨れ上がり、世間を徹底的に舐めきって暮らしているのだ。そして、人の滅私の真心や、かすかな見返りすら期待しない情愛に、平然と毒を含んだ嗤いを塗りたくっている。

香山は一つ大きく息を吸うと、言った。

「だったら、どうして、そんな間尺に合わない決断をしたのか。知りたいとは思わないか」

「こっちには関係ないけど、あんたはその話を僕に聞かせたいんだろう」

「ああ、その通りだ。その容疑者は傷害事件を起こして、保護観察付執行猶予の判決を受けた。いまのご時世、そうした経歴を持った人間がまっとうな職に就くのは、考えるほど簡単なことじゃない。協力雇用主がいてこそ、彼らは仕事に就ける。だが、実のことを言えば、彼を雇い入れた人物は、内心気が進まなかったそうだ。そのとき、ある女性が、彼を雇い入れることを強く勧めたのさ。容疑者は仕事を始めてから、その事実を雇い主の奥さんから聞かされた」

「もしかして、その女性っていうのが、あんたが言い張っている、犯人が身代わりになったとかいう相手だったというのかい」

「ほお、頭の回転が速いな」

香山の言葉に、清水道夫が小馬鹿にしたような笑みを浮かべ、続けた。

「雇い入れることを勧めてくれた相手の女に、前科持ちが恩義を感じることは、理解できなくはないけど、殺人の罪まで引っ被るなんて、そいつ、頭がどこかおかしいんじゃないのか」

「ああ、その通りだ。それだけのことで、殺人の罪の身代わりになったとしたら、よほどのお人よしと言われてもしかたがないだろう。だがな、その人物には、もう一つ、どうしても、その人の身代わりにならなければならない理由があったんだよ」

そのとき、ドアにノックの音が響いた。香山が振り返ると、米良が顔を覗かせていた。

「ちょっと、いいか」

「はい」

香山は清水道夫に言った。

「しばらく休憩だ」

そして、ドアの外へ出た。

「どうかしましたか」

香山の言葉に、米良が厳しい表情で言った。

「今度は、警察庁から圧力が掛かったぞ。清水道夫を逮捕したことが、よほど気に食わないらしい。警察庁次長が電話を掛けて来た」

言葉を失った香山に、米良が続けた。

「一課長が恐慌をきたしているぞ。どんな手を使ってでも、清水道夫を絶対に落とせとの厳命だ」

「了解しました」

香山が取調室を出た瞬間から、増岡は、斜め右側の壁に取り付けられている鏡に映っている清水道夫をじっと見つめていた。

容姿に恵まれ、豊かな生活を享受している傲慢な大学生。そう思うと、香山と相楽(さがら)

が、川口哲夫という人物から聞き出した倉田忠彦の生き様が、同じ人間のものとは到底思えなくなってくる。倉田は幼くして両親を失い、ひどい親戚夫婦に育てられ、貧しい暮らしを送ったという。しかも、その挙句に、その親戚の息子から悪戯された妹が、追い詰められて自殺を遂げたのだった。倉田が、自分が幸せになることを一切拒むのは、妹を死なせてしまったという、これ以上ない痛恨の念からなのではないだろうか。いいや、もしかすると、あの男はいまでも、自分がもっともっと苦しい境遇に堕ちてゆくことすら望んでいるのかもしれない。

　増岡は、かつての自分のことを思った。虐めに遭っていた同級生を庇ったことから、自分自身が虐めの標的になったという過去である。そして、今回の捜査の途中で三宅が、何気なく口にした言葉も思い出されてくる。

《仕事の後に一人で冷や酒を飲むこと以外、人生の楽しみや喜びを一切追い求めることなく生きるなんてことは、誰がどう考えたって、並みの人間にできることじゃない。人ってやつは、それくらいひ弱な生き物だからな。ところが、そのできないはずのことを、倉田はやってのけてきたんだ。しかも、ひどく物堅い生き方まで通してきたんだぜ。その動機が、執行猶予を取り消されることを怖れたからなんて、そんなショボいもののわけがないだろう》

《女のおまえには分からないだろうが、男っていう生き物は、愚かなことと分かって

いても、不器用な生き方しかできない場合があるんだ》

あれは、倉田の生き様に共鳴して、三宅が胸の奥底に隠している痛みを吐露した言葉だったのではないだろうか。

だとしたら、人とは何と脆く、傷つきやすい、そして弱く、優しい存在なのだろう。

しかし、そうでない人間もいるのだ。

再び鏡の中の清水道夫を、増岡は見やった。

四

香山が取り調べの席に戻ると、清水道夫が満面の笑みを浮かべていた。

「どうかしたんですか。何だか舞台裏が、ひどく慌ただしくなっているみたいじゃないですか」

その口ぶりには、船橋署に圧力が掛かっていることはお見通しだ、という自信が籠っているように思われた。

だが、香山は表情を変えずに言った。

「話を元に戻そう。逮捕された男には、その女性の身代わりにならなければならない理由があったんだ」

「へえ、そんなものが、本当にあるんですかね。事件は殺人ですよ。裁判で有罪の判決が下れば、死刑または無期、もしくは五年以上の懲役刑じゃないですか。まず、考えられないな」

さっきは刑罰のことなど考えたこともないし、興味もないと言いながら、舌の根も乾かぬうちに、平然と法律の知識をひけらかす。顧問弁護士からレクチャーを受けたことも、これで確実だ。

「その考えられないことが、現実にあったんだ。しかし、それを説明するには、別の事件について、ここで語っておく必要がある」

「別の事件？　いったい何ですか」

取り調べを受けているのではなく、まるで世間話を楽しむと言わんばかりに、清水道夫が余裕ある態度を崩すことなく言った。

「おまえの逮捕容疑になった、船橋市並びに館山市内における、一か月弱にわたって頻発した連続婦女暴行事件さ。おまえも館山に実家があるのだから、この事件のことを知っているだろう。新聞やテレビで、かなり派手に取り上げられたからな」

香山は清水道夫の顔に目を向けたまま言った。

その表情には、いささかの変化も表れない。この展開も、むろん予期していて、表情を変えない心積もりが出来ていたのだろう。

無言の相手に、香山は続けた。

「被害届が出された事件は、全部で三件。最初は船橋市、そして残る二件は館山市で、いずれも周辺に住む若い女性が被害者だ。だが、被害に遭ったのが若い美人というだけで、三人の職業や自宅の場所など、共通点や繋がりは発見できなかった。しかし、いずれも土曜日の晩という共通点がある。いいか、土曜日だ。さらに、館山市内で起きた二件については、彼女たちは館山駅からほど近い喫茶店、《やじろべえ》に立ち寄ってから帰路についたという共通点が見つかった。そして、その二人は夜道を歩いているうちに、ふいに眩暈を覚えて、足取りを緩めたとき、背後からいきなり顔にガムテープを巻かれて、両腕の手首も後ろ手にガムテープを巻かれて、人目に付かない暗がりに引きずり込まれたのさ。

犯人は首を絞める素振りを示し、彼女たちの耳元で、一人が《騒ぐなよ》と囁き、もう一人が《声を出したら殺す》と囁いたそうだ。この脅しのせいで、三人の被害者のうち、はじめの二人は抵抗できなかった。ともあれ、三人目の被害者の検査の結果、血液中から睡眠導入剤の成分が検出された。ガムテープを使っている点。共通する脅しの言葉。それに、館山で襲われた二人の被害者が夜道で眩暈を覚えていることから、二人ともに睡眠導入剤が用いられたと推定され、二人組の同一犯による犯行だったことは間違いないだろう。このことから、彼女たちの立ち寄った喫茶店が、俄然注目されることになったんだ。ところが、その直後、この喫茶店で土曜日にアルバイトをしていた一人の青年が、北条海水浴場の海で溺死した。これが誰だか、おまえにも分かっているな」

清水道夫の整った顔立ちには、依然として変化は表れない。

「いいえ、まったく分かりませんね」

「友部雄二だ。高校のときのクラスメートだったんだろう」

「ああ、あいつか。確かに同じクラスだったけど、親しくしていたわけじゃないから。そういえば、あいつが溺れたって、誰かから聞いたような気がするけど、それがどうかしたんですか」

関心がないと言わんばかりに、清水道夫は涼しげな顔つきのまま、部屋の中を平然と見回す。

「その友部雄二が亡くなった後、立て続けに起きていた婦女暴行事件がピタリと止んだのさ」

その言葉に、清水道夫が目を瞬いた。

「だったら、雄二が犯人だったってことですか？」

「ああ、警察は当然、その可能性を考えた。だから、すぐに友部雄二のものと、襲われて重傷を負った女性の爪に残されていた犯人の皮膚と、衣服に付着していた体液の

DNA鑑定を行った」

その言葉に、初めて清水道夫が一瞬、息を呑んだような顔つきになった。

五
「本当に、清水道夫を落とせるんでしょうね」

顔を紅潮させた署長が、巨大なデスク越しに、直立不動で立っている一課長に言った。

米良は、その斜め後方に、やはり背筋を伸ばした姿勢で立っていた。たったいま、二人は署長から呼びつけられたのだった。

「ただいま、担当の捜査員が全力を尽くしております」

一課長の言葉に、四角い顔の署長が口を挟んだ。

「全力を尽くすなんて、そんなごまかしみたいな言い訳が通用すると思うんですか。いまさっき、また本部長から電話が入ったんですよ」

米良は血の気が引く思いだった。

「何とおっしゃったんですか」

一課長が、かすかに声を震わせて言った。

「清水議員から直々に電話が入ったが、議員のご子息が婦女暴行を働いたというのは、本当に間違いないのか、と訊かれたんですよ」

「それは、まず間違いありません。被害届も出ておりますし、病院に診断書も残っております」

必死に言い訳をする一課長を見つめながら、米良は、これが別件逮捕であることを口にできない状況を意識した。そして、心中で祈った。香山、頼んだぞ。


一瞬、息を呑んだような顔つきになったものの、清水道夫はすぐに元の落ち着き払った表情に戻ると、言った。

「で、その結果は？」

香山は首を横に振った。

「DNAは一致しなかった」

途端に、清水道夫が頤を仰け反らして爆笑した。

「何だ、散々大騒ぎしておいて、結局は空振りだったんですか。警察というのは、よっぽど暇なんですね」

「いいや、空振りとは言えないぞ。被害者たちは、襲われたとき、突然の事態に動転して、細かい状況を明確には覚えていなかった。精神的ショックも大きいからな。しかし、それでも被害者たちは口を揃えて、犯人が二人組だったと証言している。つまり、爪に皮膚を残し、衣服に体液を残したのは、もう一人の犯人ということ——」

と香山が言いかけたとき、清水道夫がいきなり遮るようにして言葉を挟んだ。

「ねえ、いい加減に、退屈な話はもうたくさんなんですけど。犯人が身代わりになる理由があるなんて、あんたの単なる推測なんだろう。そんなことよりも、凶器に残されていた指紋が、誰が何と言おうと、そいつが殺人犯だということを証明しているじゃないか。そのうえ、目撃者もいるんだろう」

「確かに、その通りだ」

間髪容れずうなずく香山に、清水道夫が初めて顔色を変えた。香山が何か隠し球を持っていると疑っているのかもしれない。探るような目つきで、こっちを盗み見ている。

香山は言った。

「しかし、その人物が、西岡卓也殺害について完黙している理由を、ここでおまえに話す気はない」

「何だって」

清水道夫が、初めて気色ばんだ。

「その代わり、一つの厳然たる事実を教えてやろう。死んだ西岡卓也のＤＮＡを鑑定したところ、三人目の被害者の爪に残されていた皮膚や衣服に付着していた体液のDNAと完全に一致した」

取調室に沈黙が落ちた。

清水道夫は表情を変えまいとしているものの、顔色が蒼白になっている。が、次の瞬間、整った顔に薄ら笑いを浮かべた。

「へーえ、あの卓也が、そんなとんでもないことを仕出かしていたなんて、こいつは驚いたな」

「ああ、人は見かけによらないとは、このことかもしれん。学業優秀だがお調子者。西岡卓也には、その程度の評判があるだけだった。しかし、強姦魔の一人は、あの男だったと断定せざるを得ないのさ。たぶん、若く美人の女性を、力ずくで強姦することに、邪な悦びを感じたんだろうな。だとしたら、もう一人の仲間は、いったい誰だろう」

「そ、そりゃ、決まっているじゃないか、友部雄二さ。だからこそ、あいつは自殺したんだ」

「自殺？」

「ああ、罪の意識に堪えかねてとか、あるいは、警察に捕まるのが怖くなってとか、ともかく、追い詰められて、発作的にやっちまったんだろうよ」

「なるほど、罪の意識か。そのことについて、一つ、重要な証言がある。さっき説明した連続婦女暴行事件だが、実は、被害者は三人ではなく、四人いたことが明らかになった。その証言をしてくれた人物の名前は明かせないが、館山市内で、ある女性が襲われかけているところへ行き合せたそうだ。そのとき、いきなり別の男が現れて、二人組の男たちを仕事道具で威嚇したことから、犯人たちは目的を達成することなく逃走した。二人組は目出し帽を被っていて、夏場だというのに長袖姿で手袋もしていたという。犯人の特定に繋がる微物を残さないための用心だったのだろう。同時に、三人目の被害者を襲ったときに、爪で引っかかれて懲りたせいもあったのだろう。

それはともかく、その四人目の被害者が誰かと言えば、正当防衛で西岡卓也を殺害してしまった女性だった。そして、助けたのは、いま容疑者として取り調べを受け、黙秘を続けている人物だ。追い払ったときの仕事道具は、新たに購入したばかりの出刃包丁だったそうだ。彼女は、友部雄二から喫茶店に呼び出されたものの、特に話もなく帰るところだったことや、途中でふいに気分が悪くなったことをその証人に話していたという。さらに、昼間、町中のドラッグストアで雄二が薬を買っている姿を見かけたと、逮捕されている人物が話していたことも、その証人が覚えていた。ともあれ、その被害者の女性は結婚を控えていたことから、未遂とはいえ、こんな出来事に巻き込まれたことが知れ渡れば、話に尾ひれがつきかねないので、助けてくれた男性と証人に、襲われたことを他言しないように懇願した」

「えっ、呼び出されたってことは、四人目の被害者っていうのは、雄二の知り合いだったってことかよ」

驚いたように、清水道夫が声を上げた。

だが、それはわざとらしく聞こえた。香山は続けた。

「後で、そのドラッグストアを調べてみたところ、雄二が立っていた場所に並べられていたのは睡眠導入剤と判明した。連続婦女暴行事件で睡眠導入剤が使われていることは、新聞やテレビのワイドショーでも報道されている。これらの事実から、女性を助けたその人物は、雄二自身は強姦魔ではないものの、犯人たちに加担させられているという可能性に思い当たったのさ。しかし、それを警察に通報することはできない。被害者の女性は協力雇用主の娘で、雄二の姉だったからだ。協力雇用主がそれを知って、どれほど悲しむか、それに雄二が世間から後ろ指を指されて、仕事が立ち行かなくなる可能性もある。しかし、真の理由は、その女性のことを心配したからだろう。雄二がそんなことを仕出かしていると分かれば、その女性はひどくショックを受けるだけでなく、結婚話まで確実に破談となる。

そこで、その人物は雄二を宿の裏手にこっそりと呼び出して、事件との関わりを問い詰めて、厳しく叱責(しっせき)したのさ。その場面も目撃されている。意志薄弱で小心者の雄二は、自分が手を下してはいないものの、多くの女性たちにひどい苦痛を与えただけでなく、犯人たちの脅しに抗しきれず、身近な女性までを犠牲にするところだったことを、姉を助けた人物に厳しく叱責されて、ますます後悔して、警察に出頭することを考えた。それが亡くなった日の昼間、館山駅東口側にある交番近くで、雄二がうろうろしていた理由だった。その様子は、駅横の店舗の防犯カメラに、はっきりと映っていた。そして、そんな雄二を、蛇のような眼差しでじっと見つめていたもう一人の男の姿も、その映像に残されていた」

「おい、いい加減にしろよ――」

いきなり、清水道夫が激昂した。

「――いったい、これは何だよ」

さっきまでの落ち着き払った態度が、すっかり消え失せていた。皺ひとつない額が、今やはっきりと分かるほど汗ばんでいる。

だが、香山は平然と言った。

「西岡卓也が殺された事件について、親しい友人のおまえから、話を聞いているんじゃないか」

「ふざけるんじゃない。これじゃ、まるで別件の取り調べじゃないか」

「ああ、西岡卓也の死の真相を解明するためには、どうしても避けて通ることのできない取り調べだ。で、その映像に映っていた人物とは、清水道夫、おまえだ――」

香山は清水道夫を指差すと、続けた。

「――純白のポロシャツに、七分丈のスリムのジーンズ、足元は赤いサンダル、それに背中に真っ赤な塩化ビニール製のデイパック。そんな姿だったぞ」

つかの間、清水道夫が黙り込んだ。だが、音を立てぬまま呼吸を繰り返すうちに、顔に落ち着きが戻ってくるのが分かった。そして、おもむろに口を開いた。

「僕が雄二を見ていたからって、それが何かを裏付けることになるのかよ。だいいち、その防犯カメラの映像は、どこにあるんだよ」

ついに《語るに落ちた》な、と香山は思った。清水勇作が裏から手を回して、三崎巡査部長に証拠となり得る防犯カメラの映像が残されていたビデオテープを隠滅させたことを、目の前の清水道夫は知っているのだ。だが、その質問を無視して、香山は続けた。

「裏付けるとは、何を想定しているのかな」

「それは、こっちの台詞だぞ。その口ぶりからすると、あんたは、僕が今回の事件と関わりがあると見ているようだが、そんな証拠がどこにあるんだ。僕が、卓也と親しくしていたってことだけだろう。土曜日に授業やゼミを履修していない学生なんて、世の中には掃いて捨てるほどいるぞ。強姦魔の二人組の片割れは僕だと、勝手に推測をしているだけじゃないか」

　表情を変えずに、香山は相手の顔を覗き込む。

「証拠を出せということは、後ろ暗いことがあるからじゃないのか。ともあれ、こっちの話をお終いまで聞いてもらえば、すべてがはっきりする。その日、雄二は出頭の決断が付かず、自宅に戻った。その晩、溺死した。このことから、いま犯人と疑われている人物は、自分があまりにも厳しく叱責したことで、雄二を自殺に追い込んでしまったと思い込んだのさ。そして、激しい自責の念に囚われた。だからこそ、西岡卓也に襲われた雄二の姉が、咄嗟に反撃して凶器で彼を殴打したものの、自分の仕出かした事態の意味に気が付いてその場から逃走したのを目にして、彼女の身代わりになることを決意したんだ」

「だったら、それでいいじゃないか。本当の犯人は、その四人目の女性なんだろう。おい、こんなところで下らないことを喋くっている暇があったら、とっとと、そいつを逮捕しに行けよ」

　唾を飛ばす勢いで、清水道夫が言い立てた。

「むろん、部下を彼女のもとへ向かわせてある。そして、俺がここにいるのは、もう一つの殺人事件を解明するためだ」

「もう一つの殺人事件――いったい何のことだよ」

「友部雄二殺害事件さ」

取調室に、静寂が落ちた。

言質を取られることを警戒しているのか。それとも、香山がどんな筋道で、事件の真相に迫るのか推し量っているのか。清水道夫が目を細くした。

香山は続けた。

「仮に、おまえが連続婦女暴行事件の犯人の片割れだったとして、交番近くで逡巡している雄二を目にしたら、どう思うだろうな。おそらく、こうじゃないか。——あいつ、出頭する気だぞ。あいつは強制性交等幇助の罪に問われるだけかもしれないけど、こっちは四件もの強制性交等罪と傷害罪、強制性交等未遂の罪に問われることになっちまうじゃないか。しかも、その凶悪性から、執行猶予の付かない実刑判決は確実だ。やばいな——そこで、追い詰められたおまえは、その日の晩、西岡卓也に連絡して、彼を船橋から館山まで呼び寄せた。それから、雄二を呼び出す。むろん、口封じのために」

「おい、ちょっと待てよ、それは単なる想像じゃないか」

「ああ、確かにここまでなら、単なる想像と言ってもいいだろう。だがな、桜井修一先生のクラスにいたある人物が、西岡卓也からこんな自慢話を聞いたと証言している。おまえと西岡卓也にとって、友部雄二は友達じゃなくて、使いっ走り、いいや、奴隷みたいなもので、夜、宿の裏手の一階にある雄二の部屋の窓ガラスに小石を投げつけると、それを合図にして、雄二はまるで飼いならされた犬のように、家族に内緒で窓から抜け出して、浜へやってくるんだと。その後、コンビニにエロ雑誌やビールを買いに行かせるのが愉快でたまらない、とそう言ったそうだ。まして、その時点で、雄二にも、おまえと西岡卓也の連続婦女暴行に手を貸してしまったという弱みがあるから、いっそう歯向かえなくなっていたんだ。

ちなみに、その浜というのが、雄二が溺死していた海水浴場辺りのことだ。つまり、その日の晩、おまえはその手で雄二をおびき出すと、自分一人と見せかけておいて、隠れていた西岡卓也が油断している雄二の背後から忍び寄り、いきなり押し倒して、二人がかりで溺死させたんだ」

香山は、清水道夫と睨(にら)み合いになった。

やがて、清水道夫が低く抑えた口調で言った。

「雄二の溺死についちゃ、警察がずいぶんと詳しく調べたと聞いたぞ。だけど、死因が溺死というだけで、打撲の跡や擦過傷はあったものの、人為的なものか、水底に当たったり擦(こす)れたりしたものか区別がつかなかったうえに、死んだときの目撃者も見つからなかった。だから、自殺、他殺、事故のいずれとも決めかねて、結局は事故死という結論になったんだろう」

「ほう、さっきは友部雄二が溺死したことを、チラリと漏れ聞いたみたいに話していたのに、詳しく知っているんじゃないか。どうやら、よほど関心を持っていたということらしいな」

清水道夫の整った顔がいきなり紅潮した。語るに落ちたと悟ったのだ。

「うるさい。この際、そんなことは関係ないだろう」

「いいや、大いに関係あるぞ。七月二十八日の午後十時半頃、おまえはどこにいた」

「どこに？　アリバイを調べようって言うのか。証人なら、いくらでもいるぞ」

「誰だ」

「母親やうちのお手伝いが、僕が自宅にいたことを証明してくれる」

「残念ながら、身内は証人にはならない。むろん、議員秘書や、父親の関係者の証言があっても、裁判官は絶対に認めないだろう。嫌というほどの利害関係があるし、万が一のことを考えて、口裏を合せている可能性もあるからな」

言いながら、香山は、相手の傲然とした顔つきから目を離さなかった。裏から手を回して、館山署の庶務課に保管されていた七月二十八日の晩の防犯カメラのビデオテープをひとつ残らず隠滅したからこそ、こんな強気に出られるのだろう。たぶん、そのビデオテープの中には、北条海水浴場近くのコンビニのものも含まれていて、清水道夫と西岡卓也の姿が映り込んでいたのだろう。だが、その証拠もまた闇に葬られてしまった。しかし、これで終わりではない。

「だったら、僕があの浜へ行って、友部雄二を手に掛けたという証拠があるのか。僕の指紋が、あいつの死体に残っていたって言うのか。僕があいつを海に浸けるのを目撃したやつがいるのか。さあ、どうなんだ」

一気呵成に言い募ると、清水道夫は肩で大きく息をした。

だが、香山はわざと無言を続ける。その沈黙が、どれくらい相手を不安と疑心暗鬼に陥れるか、十分に分かっていた。容姿にも、暮らしぶりにも恵まれ、人も羨むような人生を楽々と送りながら、ほんの遊び半分の感覚で、人を苦しめる輩。自ら犯した罪と向き合おうとしない、人の皮を被った獣。目の前の若者が、まさにそれなのだ。

一つ大きく息を吸うと、香山は口を開いた。

「確かに、友部雄二の遺体には、おまえが手を下したという痕跡は、何一つ残されていなかった。おまえが、あの可哀想な若者を殺害する場面を目撃した人物は、一人も発見できなかった。だが、それでも、殺人犯は、おまえだ」

言い切った香山を、刺すような目つきで清水道夫が睨み返した。

「おい、それが警察の口にする言葉かよ。何の証拠も証人もなしに、無実の人間を殺人犯呼ばわりしやがって。僕の父親が、どういう立場の人間なのか、おまえは分かっているんだろうな。こんな仕打ちを受けたからには、絶対におまえを許さないぞ。親父に言って、おまえを馘にしてやる、いいや、不当な扱いを受けたことを訴えて、おまえのことを犯罪者にしてやるからな」

「ああ、もしも、おまえが殺人犯でなかったとしたら、どんなことでもやればいい」

一切たじろぐ素振りを見せぬ香山に、若さに不似合いなほど傲然としていた清水道夫が、ふいに黙り込んだ。どこかに見落としがあったのではないか。何か、自分の気が付いていない陥穽が存在するのではないか。その表情に、落ち着きない目の動きに、隠しきれない不安が表れている。

そのとき、取調室のドアにノックの音が響いた。

香山は清水道夫を見据えたまま立ち上がると、ドアを開けた。

「何だ」

「たったいま科捜研から報告書が届きました」

若い制服警官が書類を差し出した。

「ありがとう」

言うと、書類を受け取り、座席に戻った。つかの間、その書類に目を落とす。表情を変えぬまま、デスクの下で拳を握り締める。

顔を上げると、香山は口を開いた。

「だったら、おまえが殺人犯だという証拠を教えてやろう。おまえが暮らしているマンションの家宅捜索を行ったことは、さっき話したな。容疑は、船橋市内における婦女暴行だ。被害届が出ていることも、さっき話したな」

「汚いぞ、別件逮捕じゃないか」

「いいや、別件とは言い難い。世の中を舐めきった若造が犯した、一連の犯罪のための捜査だ。罪は一つ一つ別々だが、それを犯す人間は一人だ。別件などという屁理屈は通用しない。ともかく、マンションの家宅捜索で、おまえが愛用しているディパックが押収されたんだ」

「あれが、どうしたって言うんだ」

清水道夫が怒鳴った。

「なぜ押収されたかを教える前に、もう一つ説明しておかなければならない事実がある。いま犯人と疑われている男に叱責されて、友部雄二はずっと落ち込んでいた。むろん、その男はその内容を他言しなかったし、雄二自身も誰にも告白できずにいた。しかし、その様子を心配した雄二の母親が、息子と折り合いの悪い夫に内緒で、雄二に小遣を渡した。孤独な雄二にとって、どうやら、プラモデル作りだけが楽しみだったらしい。で、溺死した晩、彼はその日に買ってきたプラモデルを、自分の部屋で作っていたんだ。家宅捜索で、作りかけの戦闘機のプラモデルが見つかっている。おまえたちに呼び出されたとき、雄二はプラカラーを塗っていたんだ。さて、押収されたおまえのデイパックを調べたところ、肩掛け部分の肩から十センチほどの位置に、赤いプラカラーの指紋がくっきりと残されていた」

そう言って、香山は科捜研から届けられた書類と添付された写真を、清水道夫に示した。

口を半開きにしたまま、清水道夫がその写真に見入る。

赤いビニール製のデイパックの右側の肩掛けの前部分に、確かに二つの赤い指紋が残っていた。地が赤色なので、目を凝らして見なければほとんど見分けがつかないものの、斜めからブラックライトが当てられており、写真に、指紋がはっきりと浮かび上がっていた。

「誰の指紋なのか、分かるな。雄二の指紋だよ。友部雄二の遺体には、おまえが彼を殺害したという痕跡は何一つ残っていなかった。しかし、その代わりに、亡くなった雄二の痕跡が、おまえの方に残っていたんだ。デイパックが別の色だったら、おまえもすぐに気が付いただろうが、残念ながら、デイパックもプラカラーも同じ赤だったために、うっかり見落としてしまったというわけさ。しかも、デイパックの右側の肩掛けに、右手の親指と人差し指の指紋が残されていたことから、殺害の状況までが、くっきり浮かび上がってくるんだ。

おまえと西岡卓也は雄二の隙を突いて、背後からいきなり髪の毛を摑み浅瀬に押し倒して、顔面を海面に浸けたんだ。デイパックを背負っていたのは、おまえの定番のスタイルだから、雄二を油断させるための偽装だったんだろう。ところが、これが災いしたのさ。押し倒された雄二は、咄嗟に浅瀬に左肘を突き、右手で背後のおまえをまさぐった。溺死を避けるために顔を上げて、何とかしておまえたちの攻撃を凌ごうとしたんだろう。そのとき、生乾きだったプラカラーの付着した親指と人差し指が、デイパックの肩掛けを摑んだ。中学生の頃、家庭内暴力を起こすたびに、父親に背後から馬乗りにされて、雄二は決まってそんな反撃を試みたそうだ。言わば身に付いた癖だったのさ」

　清水道夫の顔が、見る間に青ざめた。それでも、懸命に気力を奮い起こすようにして、言い放った。

「僕のデイパックにあいつの指紋が付いていたからって、それがいったい何の証拠になるって言うんだよ。――そうだ、いつだったか、館山駅に戻ってきたとき、雄二と出会ったことがあるんだ。そのとき、いきなり背後から、久しぶりって、あいつからデイパックを背負っていた肩を親しげに叩かれたのさ。あいつの指紋は、きっとそのときに付いたんだよ」

「ほう、さっきは親しくないと言っていたじゃないか。だが、それはいい。それが事実だったとしても、指紋の状況とは一致しないぞ」

「指紋の状況？」

清水道夫が虚を衝かれた表情を浮かべる。

「そうだ、背後から右手で肩を叩かれるとすれば、デイパックの左側の肩掛けに指紋が付くはずだぞ。万一右側の肩掛けを叩いたとしても、肩から十センチも下の前部分に指は届かないから、指紋は付かない。だが、雄二の指紋が付いているのは、さっきも言ったように、右側の肩掛けで、しかも、肩を背後から叩くなら、指紋は指先が下向きにしか付かない。ところが、雄二の指紋はデイパックの肩掛けに指先を上向きにして付いている。つまり、右手をそのまま自分の顔の右側面から背後に伸ばして、何かを掴もうとしたときにしか、そんな形で右手の指紋が付くことはないのさ」

清水道夫が歯を食い縛るような顔つきになっていた。

体がブルブルと震えている。

逸らした視線が、落ち着きなく揺れる。

口を半開きにして、口呼吸をしている。額に汗が噴き出していた。

と、ふいにその体の震えが止まった。

そして、虚空を見つめるような顔つきになり、ゆっくりと口元に野卑な笑みを浮かべた。

やがて、香山に向き直ったときには、さっきまでの傲然とした顔つきに戻っていたのである。

「いいや、それでも、そんなものは何の証拠にもならないですね。だって、指紋の向きがどうあろうと、その指紋がいつ付いたかなんて、誰にも特定できないじゃないか。どうです、刑事さん、違いますかね」

取調室内に、清水道夫の哄笑が響き渡った。

六

「まったく、どこまで性根の腐った野郎なんだ」

三宅が悔しそうに言ったとき、総武線快速の車両が君津駅に停車した。

「いくら愚痴っていても、何も変わりませんよ」

増岡は言うと、ホームに降り立った。三宅が後から続く。二人は、補充捜査のために、君津のプラモデルショップに向かうところだった。

駅の改札を抜けると、ショップのある南口側の階段を三宅とともに降りながら、増岡は胸の裡に重苦しい気持ちを感じていた。逮捕された清水道夫は、逮捕事由はもとより、友部雄二の殺害についても、頑として認めていなかった。香山の追及をすんでのところでかわして、平然たる態度を貫いているのだ。

このまま決め手が見つからなければ、嫌疑不十分となる可能性が高いだろう。しかも、倉田忠彦の送検が、あと半日と迫っている。ここは、どうあっても、決め手を見出さなければならない。それが不可能なら、倉田忠彦は西岡卓也殺害で起訴されて、まず間違いなく有罪となるだろう。しかも、決め手を見出さないと、友部雄二の不審死は、事故という結論のままとなり、連続婦女暴行事件も、被疑者の一名が死亡として、幕引きが図られることになりかねない。

「決め手なんて、いったいどこにあるんだよ」

三宅が階段を降りながら、ぼやいた。

「どこに決め手があるかなんて、誰にも分かりませんよ。その場所を探すのも、私たちの役目じゃないですか」

増岡も階段を降りながら言い返した。

「探す？　決め手がいったい何で、どこにあるのか分からないのに、どうやって探すんだよ」

増岡は言い返そうとして、口を噤む。確かに、三宅の言う通りなのだ。米良の指示で、ほかの多くの捜査員たちも、清水道夫を落とすための決め手を探すために、館山の実家、清水の自宅マンション、事件現場、友部雄二の自宅の部屋など、関連するすべての場所に赴いているはずなのだ。

残された時間は、あとわずかしかない。

取り調べの中断と、留置場への移動を告げられた時、清水道夫は快哉を叫んだという。絶対に許してはおけない。

増岡は、さらに足を速めた。

「本当に、大丈夫なんだろうな」

米良が顔を引き攣らせて言った。

香山と米良は、これからの取り調べ方針について、すでに二時間近くも話し合っていた。だが、清水道夫が証拠として要求する、デイパックに、友部雄二の指紋が特異な方向で付着した日時を特定する方法は見つからなかった。

香山自身、これまでにも、したたかな容疑者と渡り合ったことは数知れない。だが、そうした連中は、いくら悪賢くとも、たいていは孤立無援で、取り調べの持って行き方によって、やがて追い詰められた気持ちとなり、ついには犯行を自白するのが常だった。

しかし、今回の清水道夫は、いま別室で弁護士が接見しているのだ。間違いなく、その弁護士は、香山の取り調べの内容を根掘り葉掘り訊いて、こちらの手の内を徹底的に読み解き、これからの対策を清水道夫にみっちりと伝授していることだろう。

万が一、婦女暴行の容疑で送検されて、起訴された場合についても、入れ知恵が行われているに決まっている。被害者からの訴えも、辣腕の弁護士を立てて、清水道夫が彼女に怪我を負わせたという明確な証拠や、その現場を目撃した証人を出せと要求して、訴えの信憑性に疑念を抱かせて、裁判で潰す腹に違いない。まして、友部雄二殺害について、決め手を欠いているこの状況下では、清水道夫はどこまでも白を切り通せばいいのだ。

「まだ、こちらの敗北と決まったわけではありません」

香山は言った。

「しかし、決め手が出て来なければ、この先どうするんだ」

米良が続けた。

「署長も捜査一課長も、完全に頭を抱えているぞ。まさか、嫌疑不十分で釈放するつもりじゃないだろうな。そんなことになれば、俺もおまえも、ただじゃ済まないぞ」

「もちろん分かっています。しかし、係長、清水道夫は、一旦は、こちらの追及に追い詰められて、完落ち寸前まで行ったんです。つまり、あいつが友部雄二を殺したことは、絶対に間違いありません。だとしたら、どこかに必ず決め手があるはずです」

言いながら、自分の言葉に自信を持てなくなっているのを、香山は感じていた。かつて経験したことのない危うさを覚える。清水道夫は、事件に関連するあらゆる証拠や情報を隠すか処分したはず。まして、友部雄二の不審死については、館山署が連続婦女暴行事件との絡みで、手を抜くことなく捜査したのだ。それでも、一つの証拠も証人も発見できなかった。この上、新たな決め手など、見つかるのだろうか。

香山の脳裏に、清水道夫の顔が浮かんだ。

日焼けした瓜実顔の整った顔立ち。

細い眉の下の二重の目。

薄ら笑いを浮かべた形のいい唇。

その唇から覗く、真っ白な歯。

そこまで思い描いたとき、いきなり携帯電話が鳴動した。

着信画面に、《三宅》の文字。

「香山だ。どうした」

携帯電話に耳を当てたまま、香山はうなずき、言った。

「よし、増岡とすぐに戻ってこい」

携帯電話を切ると、香山は米良に顔を向けて言った。

「三宅と増岡が署に戻り次第、清水道夫の取り調べを再開します」

「決め手が見つかったのか」

香山はうなずいた。

「いったい何だ」

「ディパックに残されていた、例の指紋ですよ」

七

「さて、取り調べを再開しようか」

香山はおもむろに口を開いた。

「何だよ。てっきり、筋違いの容疑で身柄を拘束してしまい、誠に申し訳ございませんでした、どうかご勘弁下さい、と謝るのかと思いきや、まだ下らない話を続けようっていうのかよ」

清水道夫が勝ち誇ったように言った。

「確かに、おまえのようなやつの取り調べをしなければならないのは、こっちもうんざりしている。しかし、世の中を舐めきって、人の命を平然と奪うような輩を、みすみす見逃すのは、もっと下らないことだと思わないか」

清水道夫が、ふん、と鼻を鳴らした。

「あんたが、どう言い張ろうと、僕は無実だ。だから、あと一日、ここでのんびりと過ごさせてもらうことにするよ。警察の取り調べを受けるなんて、めったに経験できることじゃないし、合コンで女の子たちに話したら、けっこう盛り上がるかもしれないからな。そうそう、卓也を殺した野郎、そろそろ送検されるんじゃないの。いずれ、そいつの裁判も高みの見物させてもらうよ」

「いいや、おまえは高みの見物なんかできない」

香山が言い添えた言葉に、清水道夫の顔にかすかに不安の色が過った。

「またしても、お得意のはったりかよ」

「はったり？　警察ははったりなんかで、人を罪に落としたりはしない」

「何だと」

「だったら、そろそろ、おまえに真実を教えてやるとしようか。友部雄二のプラカラーに染まった指紋が、おまえのデイパックに、不自然な向きで付着していたことは、さっきも話したな」

「また、それか」

清水道夫が虚勢を張るように言ったが、香山は無視して続けた。

「どうして、彼の指紋がそんな場所に付着したんだろう。雄二がプラモデルを作り始めたのは、七月二十八日の夕食後だ。おまえが浜にも行かず、雄二とも会っていないのなら、デイパックにそんな指紋が付くはずがない。ところが、それが付いていたとすれば、それはおまえがあの浜へ行き、雄二と会ったときしかあり得ないし、デイパックのそんな部位に、雄二の指紋がそんな向きで付着するのは、おまえが背後に回り込み、雄二の背後から馬乗りになったときしかあり得ないんだ」

「だから、それは一つの推測に過ぎないってことを、さっき教えてやったじゃないか。あんたは、どこまで頭が悪いんだ。デイパックに、どんな形でプラカラーの指紋が付いていたからって、それがいつ付いたものか、誰にも分からないだろう」

「いいや、それがちゃんと分かるのさ」

つかの間、取調室に沈黙が落ちた。

清水道夫の顔から表情が消えている。

その視線だけが、香山の真意を読み取ろうと、小刻みに揺れている。

だが、次の瞬間、取調室内の張り詰めた空気が一気に弾けた。

「そうやって、こっちにブラフを仕掛けて精神的に追い詰めて、自白させようって腹なんだろう。だが、僕はその手には引っかからないぞ」

「だったら、これを見ろ」

言いながら、香山は二人の間のスチールデスクに、二つの小瓶を置いた。

「何だよ、それは」

「プラカラーさ。どっちも七月二十八日に友部雄二が君津のショップで購入したものと同じものだ。むろん、被害者の家宅捜索においても、これと同じものが確認されているし、中身のプラカラーが、友部雄二の右手の指に付着していたものと同じということも確認済みだ。そして、おまえのデイパックの右の肩掛けに付着していたのも、このプラカラーに染まった被害者の指紋だった」

「だから、さっきも言ったように――」

言いかけた清水道夫を、香山は掌（てのひら）を上げて制した。

「最後までちゃんと聞け。私の部下がついさっき君津のショップまで行って確認してきた。店員は、確かに常連の雄二がその日に買ったプラカラーだということを覚えていた。だがな、その店員におまえのデイパックに付着した指紋の拡大写真を見せたところ、首を傾げたんだよ」

「首を傾げた――」

思わずという感じで、清水道夫が鸚鵡返しに言った。

香山はうなずく。

「付着していた指紋の色が、どちらの赤いプラカラーとも、微妙に違っていると言ったのさ。だが、その理由はすぐに判明した。つまり、二種類の色合いの違う赤いプラカラーを混ぜて、どこにもない微妙な赤い色を作り出していたってことさ。雄二のプラモデル作りはマニアの域だったらしいな。そして、その微妙な色合いの赤が塗られていたのは、この世で唯一、七月二十八日の晩、雄二が自分の部屋で作りかけだった戦闘機のプラモデルだけだ」

清水道夫がこれ以上もなく目を大きく見開いたまま、固まったように動かなくなった。

事態の意味を察したのだろう、顔が蒼白になっていた。

デスクの上の二つの小瓶と香山の顔に、忙しなく目を向ける。

何かを言おうとするかのように、口を開くものの、まったく言葉が出てこない。

額が汗で光っている。

血走ったような目を見開き、デスクの上で握り締めた拳が、目に見えるほど震えていた。

その様子を見つめながら、香山はおもむろに続けた。

「さて、もう一つ重大な事実を教えてやろう。例の連続婦女暴行事件については、三人目の被害者の爪に残されていた皮膚や衣服に残された体液以外に証拠はないように見えるかもしれない。しかし、実はそうじゃない。連続婦女暴行事件の被害者たちは、二人の犯人の声を、間近で聞いているんだ。おまえの声を、ダミーの声の中に交ぜて、彼女たちに聞かせて、彼女たちが、おまえの声が強姦魔に間違いないと証言したら、どうなると思う。一人だけなら勘違いという弁護士の主張も通るかもしれん、だが、四人となれば、話はまったく別だ。しかも、その証言は、おまえが友部雄二を殺害しなければならない動機までも、明確に裏付けてくれることになる。

さらに、おまえと西岡卓也が、四人目の被害者を襲った理由も分かっているぞ。その雄二の姉は桜井修一と結婚を控えている。ところが、その桜井修一の母親は、二人の結婚に難色を示している。そして、その母親とおまえの母親は姉妹だ。きっと、母親同士の愚痴を耳にして、彼女を強姦することと、結婚話を破談にする一石二鳥を狙ったんだろう。清水道夫、おまえは三件の強制性交等罪と一件の強制性交等未遂、傷害罪並びに殺人の罪で送検されることになる。これがどれほどの重い量刑になるか、さっきの弁護士に訊いてみるといいぞ」

中年の検事は、友部杏子の取り調べを行っていた。

「物証や目撃者が揃いながら、倉田は、警察だけでなく、こちらに対しても、完全黙秘を貫きました。つまり、あなたの罪を被った理由を一切話そうとはしなかったのです」

その言葉に、デスクを挟んで座っている友部杏子は眉根を寄せたものの、無言のままだった。真剣な目つきを向けている。視線を逸らせば、自分が負けてしまうというような気迫みたいなものが籠っている。

検事は続けた。

「しかし、香山巡査部長たちの捜査によって、幾つかの事実が判明したことから、今回の事件の構図が見えてきました。その一つは、二年前に執行猶予付きの判決を受けた傷害事件について、倉田にはまったく非がなかったという点です」

「非がなかった――」

黙り込んでいた友部杏子が、思わずという感じで口走った。

「ええ、そうです。料亭《角谷》で起きた傷害事件の真相は、こういうものだったそうです。以前から肉体関係を持つことを迫られていた仲居の上条麗子が、主人の瀬島五郎に犯されそうになり、咄嗟に隠し持っていた包丁で刺したのです。仕事を終えて、厨房で一人冷や酒を飲んだ後、料亭の裏口から帰ろうとしていた倉田は、使用人の出入りする門の近くで、二階の部屋からの女性の悲鳴を聞きつけて、寝室に駆けつけた。そして、上条麗子が身を守るために、瀬島五郎の下腹部を刺した出刃包丁を取り上げました。ところが、そこへ妻の恒子が戻ってきて、警察に通報するために、電話のところへ飛んでいきました。

その間に、強制性交等未遂の罪の露見と、女房に事態を知られることを怖れた瀬島五郎が、倉田に手を合せて、芝居を演じてくれと頼んだのだそうです。それだけなら、倉田は傷害の罪を被ることはなかったでしょう。しかし、上条麗子の家に厳しい姑がいることを倉田は知っていたので、彼女に同情して、咄嗟に罪を被る決断をしたのです。

もちろん、こんな間尺に合わない罪を被るお人よしなど、普通はいるはずがありません。しかし、倉田だけは別でした。早くに両親を亡くした倉田と妹は、親戚に引き取られたものの、その扱いはひどいものだったそうで、親戚夫婦の息子が、倉田の妹に性的な暴行を加えていたらしいという噂もあったとのことです。実際、倉田の中学時代の同級生が、その場面を目撃していますから、噂は事実だったのでしょう。その結果、妹は中学二年生の時に飛び降り自殺しました。倉田が上条麗子に同情したのは、肉体関係を強要されていた彼女に妹の姿を重ねたから。そして自らを犠牲にして罪を被ったのは、妹をみすみす自殺させてしまったという悔恨の念から、人生を捨てたように生きてきたからではないでしょうか――」

検事は、倉田の心の動きを説明したうえで、友部杏子の顔を見つめて続けた。

「――そして今回も、倉田忠彦は拠(よんどころ)無い事情を持った人間の身代わりになったのです。それは、杏子さん、あなただ。あなたは、名門の子息である桜井修一さんとの結婚を控えていた。ところが、修一の母親や親戚はあなたとの結婚に難色を示していた。そして、ドレスの仮縫いに訪れた船橋市内で、西岡卓也に襲われて、思わず撲殺してしまった。むろん、これは正当防衛が成り立つ状況です。しかし、正当防衛とはいえ、ここで人の命を奪ったとなれば、結婚は破談となることは目に見えていた。だからこそ、現場から逃げ出したんだ。その様子を目撃した倉田は、現場に放置されていた凶器となったワインボトルに、わざと自分の指紋を残した。――杏子さん、そろそろ本当のことを話してください」

その言葉に、杏子がふいに項垂(うなだ)れた。

検事は続けた。

「倉田忠彦は、保護観察付執行猶予者の身ですよ。もしも、また罪を犯せば、その執行猶予が取り消されます。そして、今度は殺人事件だから、相当に重い刑罰が科せられることになるでしょう。それなのに、どうして、彼があなたの身代わりになるのか。一つは、傷害の前歴を持った彼を、夕凪館(ゆうなぎかん)に雇い入れることを、あなたが父親に勧めてくれたから、その恩義に報いるためだったのでしょう。しかし、それだけでは、到底殺人の罪を被るほどの動機にはなり得ません。倉田忠彦は、友部雄二くんが、連続婦女暴行事件に心ならずも加担したことを知ったのです」

「えっ、まさか雄二が――」

杏子が目を大きく見開いた。

検事が言葉を続けた。

「しかし、この事実もまた表沙汰(おもてざた)にはできなかった。その事実が露見すれば、あなたの結婚がやはり破談となりますからね。そこで、倉田は雄二くんを呼び出して、厳しく叱責した。ところが、その雄二くんが宿近くの海で溺死したことから、彼の叱責を苦にして自殺したものと思い込んでしまったのです。彼があなたの身代わりになったのは、その罪滅ぼしの気持ちからだったんですよ。

　あなたがここで本当のことを話さなければ、倉田はこれからも黙秘を貫いて、自分が西岡卓也を殺害したと見せかけ続けるでしょう。だから、あなたにお話ししておくことがあります。あなたが二人の男に襲われそうになった事件ですが、犯人は清水道夫と西岡卓也という若者でした。その動機は、女性に対する邪な欲望とともに、あなたと桜井修一さんの結婚を破談にさせるためだったんです」

　杏子が再び驚いたように目を瞠った。

「いったいどういうことですか」

「清水道夫の母親は、桜井修一さんの母親と姉妹なんです。しかも、西岡卓也と清水道夫は、人の見ていないところで雄二くんや、田口雛子さんという女子学生も執拗に虐めていました。むろん、彼らはただ泣き寝入りしていたわけじゃありません。田口雛子さんは、ある人物に虐めの事実を訴えました。ところが、その人物が訴えを握りつぶしたんだ」

「それは、いったい誰ですか」

「桜井修一先生ですよ。彼にとって、清水道夫は歳の離れた従兄弟でしたからね。ちなみに、雄二くんを海で溺死させたのは、清水道夫と西岡卓也でした」

　検事の言葉に、杏子の肩が震えた。

　目を見開いたまま、表情が凍りついたように固まっている。

　やがて、唇がわななき、それまでとは違う表情が目に浮かんだ。

　懸命に耐えていたものが、見る間に失われてゆくのを目の当たりにしたような、呆然とした、それでいて苦渋に満ちた光を湛えた眼差しだった。

　次の刹那、その表情が崩れ、ふいに目が赤く潤んだ。

　そして、唇から堰を切ったように言葉が溢れ出た。

「検事さん、私が、間違っていました。西岡卓也さんを手に掛けたのは、この私です。倉田さんは、まったくの無実です。――でも、現場から逃げたのは、自分自身というよりもうちを守りたかったからです。うちの宿は経営状態が芳しくないんです。桜井修一さんと結婚すれば、彼の家からの財政的援助が受けられることになっていたから、どうしても結婚して宿を潰したくなかったんです。両親を悲しませたくなかったから――でも、そんなことのために、私は、倉田さんに許されないことをしてしまいました」

　杏子が泣き崩れた。

エピローグ

友部杏子は、女性警察官に付き添われて取調室を出た。

検事が、彼女を不起訴処分とすることに決定したのだった。

彼女は無言のまま、廊下を歩いてゆく。

胸の裡に、様々な思いが去来していた。船橋の暗い路地で、向かいから歩いてきた若い男から、いきなり声を掛けられた場面が甦って来る。その男が、以前に自分を襲った相手だったと気が付いた瞬間の衝撃は、少しも薄れていなかった。だが、その後に起きた出来事は、完全に混乱していて、はっきりとは思い出せない。覚えているのは、気が付いたときには現場から遠ざかっていたことと、早鐘のような胸の鼓動、それに、とんでもないことを仕出かしたという後悔の念だった。

だから、倉田忠彦が、あの晩の男を殺害したとして、目の前で逮捕されたとき、杏子は息が止まるほど驚いた。しかも、彼が逮捕に対して、一切抗弁しようとしなかったことに、杏子はさらに衝撃を受けたのだった。

このままでいいのか。そのときから、身を守るためとはいえ、人を殺めてしまったという杏子の苦しみに、新たな悩みが重なったのだった。警察が逮捕したということは、それなりの証拠を固めての上だろう。もしも、このまま、自分が口を噤んでいれば、真相は露見しないかもしれない。いいや、自分が出頭したとしたら、当然、桜井修一との結婚は破談となり、ひいては、夕凪館を閉めざるを得ない事態に繋がる。

それが、いかに愚かな考えだったか、いまならはっきり分かる。そして、きっと倉田は、自分が西岡卓也を殺害するところを目にしていたはずなのだ。それなのに、あの人は黙って手錠を掛けられ、車に乗せられるときも、何一つ抵抗しなかったのだ。

そこまで考えたとき、杏子は息を呑み、足を止めた。

途中の廊下に、倉田が立っていた。

眉が太く、一重の大きな目と太い鼻柱、それに大きな口。髪を短く刈り込んでおり、がっちりとした顎や痩せた頰に、無精髭が伸びている。黒いポロシャツ姿で、グレーのズボンというなりだ。

検事から、彼が不起訴となり釈放されたと聞いていた。

躊躇いは一瞬だった。

杏子は駆け寄ると、言った。

「倉田さん、本当にごめんなさい、どうか許してください」

頬を涙がとめどなく伝い落ちる。そのまま、力の抜けた体は床に頽れたものの、杏子はかまわずにひれ伏すと続けた。

「いいえ、許してもらえなくても、当たり前です。私は、あなたの人生を滅茶苦茶にするところだったんですから――」

だが、倉田は歯を食い縛ったまま、何も言おうとしない。

「――ああ、私は、何という愚かな人間なんでしょう。夕凪館を潰したくない一心で、結婚を決めてしまうなんて。その相手は、弟が高校生の時に虐められていたことを握りつぶしたような人だったのに。気づかないうちに、私までが弟を苦しめていたんです。でも、あなたは、その弟を見捨てることもなかったうえに、私のために、こんなにも大切なものを捨てようとしてくれていたんですね――」

涙を流しながら、杏子は言った。

唇を真一文字に結んだ倉田が、赤く潤んだ目でまっすぐに彼女を見つめている。

そして、無言のまま、小さくかぶりを振ったのだった。

香山は電話で話していた。

友部杏子の取り調べを行った担当検事が、彼女と倉田が不起訴処分になったことと、その後、杏子が倉田と顔を合せたことを知らせてくれたのである。

「――そうですか。わざわざお電話をいただき、本当にありがとうございました」

電話を切ると、香山は検事が伝えてきた内容を、三宅と増岡に説明した。

二人が安堵した顔つきになった。

だが、三宅がすぐにつぶやいた。

「それにしても、倉田はどうして、西岡卓也殺害の動機について完黙を貫いたのかな。道で肩がぶつかって喧嘩になったとか、相手がガンを付けたとか、いくらでもでっち上げできただろうに」

「その理由は、夕凪館の板前として雇うようにと、杏子さんが父親に強く勧めてくれたことへの恩義の念からに決まっていますよ」

増岡が言った。

すると、三宅が反論した。

「だけど、それは倉田が杏子さんの罪を被った理由にこそなれ、完全黙秘した理由にはならないぜ」

二人のやり取りに、香山は口を挟んだ。

「確かに、増岡の言ったことは、一つの理由だろう。しかし、真の理由はそうじゃないだろう」

「真の理由――それは何ですか」

増岡が言った。

「倉田は、西岡卓也を殺した動機を絶対に答えることはできないからさ」

「そりゃそうですよ。あいつは、西岡卓也を殺していないんですからね」

三宅の言葉に、香山はかぶりを振る。

「いいや、俺の言いたいのは、そういうことじゃない」

「えっ、いったいどういう意味ですか」

三宅が怪訝な顔つきになった。

増岡も不思議そうな表情を浮かべている。

香山は続けた。

「酔った西岡卓也が《おい、待てよ》と叫んで、夜道で杏子さんに絡んだとき、彼女はその声が、以前に襲ってきた二人組の一人と気が付いたんだろう。だからこそ、《あの晩の》と声を上げてしまったんだ。その反応に、西岡卓也は自分の犯罪が露見したことに気が付いて、《何だと》と叫び、彼女に襲いかかった。そのとき、倉田はちょうどその現場に行き合せたんだ。その刹那、七月二十一日の晩、館山市内で杏子さんを襲った二人組の片割れが、目の前にいると、あの男は気が付いたんだろう。夕凪館の裏手で、友部雄二を叱責したとき、連続婦女暴行の二人組の正体を、雄二から聞き出したはずだからな。そのとき、彼は、杏子さんに襲いかかっている西岡卓也に殺意を抱いたのさ」

「殺意ですって――」

三宅の素っ頓狂な声に、香山は深々とうなずく。

「そうだ。あの男は、杏子さんを二度までも襲った卑劣な輩を殺してやる、と心の中で思ったんだ。しかし、結果として、身を守るために、彼女がワインのボトルで西岡卓也を殴打して、その場を立ち去り、倉田がその罪を被ることになった」

「それは、倉田が密かに杏子さんを愛していたからですよね」

増岡の言葉に、香山はうなずく。

「その通りだ。しかし、その思いは、ただの恋愛感情ではなかったんだろう」

「主任は、どんな気持ちだったとお考えなんですか」

今度は三宅が訊いた。

「倉田は、中学生のときに、親戚の息子から受けた悪戯に苦しんだ妹を、みすみす自殺させてしまった。それが、どれほど彼の心に深い傷を、取り返しのつかない悔恨の念を残したのか、俺たちには到底想像できないだろう。そこから、あの男は、人生の幸福を一切捨てる決意をしたんだと思う」

「私も、そんな気がしていました」

増岡がうなずく。

すると、三宅も渋い顔つきで言った。

「倉田は、馬鹿なやつですよ。もっとチャランポランに生きている人間がいくらでもいるのに、自分だけ罪悪感を背負い込むなんて」

「ああ、確かにそうだな。しかも、上条麗子の罪まで被ったように、倉田は自分をいっそう罰することすら望んだんだろう。それもまた、妹に対する罪滅ぼしの気持ちからだったに違いあるまい」

そこまで言うと、香山は川口哲夫から見せられた子供時代の倉田兄妹の写真を脳裏に思い浮かべた。倉田は屈託なさそうに白い歯を見せて笑っていた。おかっぱ頭の妹は、少しはにかんだような笑みを浮かべていた。そして、その瓜実顔が、香山はどこか似ていると思ったのである。上条麗子と、そして友部杏子にも。香山は言葉を続けた。

「ところが、夕凪館で働くうちに、捨て去ったはずの人の温かさに触れて、倉田はどうしようもなく心を動かされたんだろう。だからこそ、他人との深い関わりを一切断っていたはずのあの男が、自分自身に課した禁を犯して、友部雄二に人の道に外れるようなことをするなと厳しく叱責したんだ。

ところが、その雄二が不審死を遂げてしまった。倉田は、自分が関わった傷ついた人間を、またしても自殺に追いやってしまったと思い込んだことだろう。だからこそ、西岡卓也殺害の罪を被り、墓場まで持って行く決意をして、完全黙秘を貫いたんだ。せめて殺人犯になることで、一切見返りを求めずに、ただ一途に愛した女性に、心の底から詫びるために」

本書は、二〇一九年八月に小社より刊行された
単行本を加筆修正のうえ、文庫化したものです。

黙秘犯（もくひはん）

翔田 寛（しょうだかん）

令和3年 8月25日　初版発行
令和6年 9月20日　3版発行

発行者●山下直久

発行●株式会社KADOKAWA
〒102-8177　東京都千代田区富士見2-13-3
電話　0570-002-301（ナビダイヤル）

角川文庫 22779

印刷所●株式会社KADOKAWA
製本所●株式会社KADOKAWA

表紙画●和田三造

●お問い合わせ
https://www.kadokawa.co.jp/（「お問い合わせ」へお進みください）
※内容によっては、お答えできない場合があります。
※サポートは日本国内のみとさせていただきます。
※Japanese text only

ISBN 978-4-04-111632-6　C0193

◆◇◇

角川文庫発刊に際して

角川源義

第二次世界大戦の敗北は、軍事力の敗北であった以上に、私たちの若い文化力の敗退であった。私たちの文化が戦争に対して如何に無力であり、単なるあだ花に過ぎなかったかを、私たちは身を以て体験し痛感した。西洋近代文化の摂取にとって、明治以後八十年の歳月は決して短かすぎたとは言えない。にもかかわらず、近代文化の伝統を確立し、自由な批判と柔軟な良識に富む文化層として自らを形成することに私たちは失敗して来た。そしてこれは、各層への文化の普及滲透を任務とする出版人の責任でもあった。

一九四五年以来、私たちは再び振出しに戻り、第一歩から踏み出すことを余儀なくされた。これは大きな不幸ではあるが、反面、これまでの混沌・未熟・歪曲の中にあった我が国の文化に秩序と確たる基礎を齎らすためには絶好の機会でもある。角川書店は、このような祖国の文化的危機にあたり、微力をも顧みず再建の礎石たるべき抱負と決意とをもって出発したが、ここに創立以来の念願を果すべく角川文庫を発刊する。これまで刊行されたあらゆる全集叢書文庫類の長所と短所とを検討し、古今東西の不朽の典籍を、良心的編集のもとに、廉価に、そして書架にふさわしい美本として、多くのひとびとに提供しようとする。しかし私たちは徒らに百科全書的な知識のジレッタントを作ることを目的とせず、あくまで祖国の文化に秩序と再建への道を示し、この文庫を角川書店の栄ある事業として、今後永久に継続発展せしめ、学芸と教養との殿堂として大成せんことを期したい。多くの読書子の愛情ある忠言と支持とによって、この希望と抱負とを完遂せしめられんことを願う。

一九四九年五月三日

角川文庫ベストセラー

冤罪犯　翔田　寛

幼女の遺体が休耕地で発見された。遺体の状態が酷似する7年前の女児連続誘拐殺人事件との関連が疑われるが、当時、犯人とされた男は無実を訴えたまま拘置支所で自殺していた。偶然の一致か、それとも――。

いつか、虹の向こうへ　伊岡　瞬

尾木遼平、46歳、元刑事。職も家族も失った彼に残されたのは、3人の居候との奇妙な同居生活だけだ。家出中の少女と出会ったことがきっかけで、殺人事件に巻き込まれ……第25回横溝正史ミステリ大賞受賞作。

145gの孤独　伊岡　瞬

プロ野球投手の倉沢は、試合中の死球事故が原因で現役を引退した。その後彼が始めた仕事「付き添い屋」には、奇妙な依頼客が次々と訪れて……情感豊かな筆致で綴り上げた、ハートウォーミング・ミステリ。

瑠璃の雫　伊岡　瞬

深い喪失感を抱える少女・美緒。謎めいた過去を持つ老人・丈太郎。世代を超えた二人は互いに何かを見いだそうとした……家族とは何か。赦しとは何か。感涙必至のミステリ巨編。

教室に雨は降らない　伊岡　瞬

森島巧は小学校で臨時教師として働き始めた23歳だ。音大を卒業するも、流されるように教員の道に進んでしまう。腰掛け気分で働いていたが、学校で起こる様々な問題に巻き込まれ……傑作青春ミステリ。

角川文庫ベストセラー

代償　伊岡瞬

不幸な境遇のため、遠縁の達也と暮らすことになった圭輔。新たな友人・寿人に安らぎを得たものの、魔の手は容赦なく圭輔を追いつめた。長じて弁護士となった圭輔に、収監された達也から弁護依頼が舞い込む。

本性　伊岡瞬

他人の家庭に入り込んでは攪乱し、強請った挙句に消える正体不明の女《サトウミサキ》。別の焼死事件を追っていた刑事の下に15年前の名刺が届き、刑事たちは過去を探り始め、ミサキに迫ってゆくが……。

感傷の街角　大沢在昌

早川法律事務所に所属する失踪人調査のプロ佐久間公がボトル一本の報酬で引き受けた仕事は、かつて横浜で遊んでいた〝元少女〟を捜すことだった。著者23歳のデビューを飾った、青春ハードボイルド。

漂泊の街角　大沢在昌

佐久間公は芸能プロからの依頼で、失踪した17歳の新人タレントを追ううち、一匹狼のもめごと処理屋・岡江から奇妙な警告を受ける。大沢作品のなかでも屈指の人気を誇る佐久間公シリーズ第2弾。

魔物（上）（下）新装版　大沢在昌

麻薬取締官の大塚はロシアマフィアの取引の現場をおさえるが、運び屋のロシア人は重傷を負いながらも警官2名を素手で殺害、逃走する。あり得ない現実に戸惑う大塚。やがてその力の源泉を突き止めるが——。

角川文庫ベストセラー

悪夢狩り　新装版　　大沢在昌

試作段階の生物兵器が過激派環境保護団体に奪取され、その一部がドラッグとして日本の若者に渡ってしまった。フリーの軍事顧問・牧原は、秘密裏に事態を収拾するべく当局に依頼され、調査を開始する。

B・D・T［掟の街］　新装版　　大沢在昌

不法滞在外国人問題が深刻化する近未来東京。急増する身寄りのない混血児「ホープレス・チャイルド」が犯罪者となり無法地帯となった街で、失踪人を捜す私立探偵ヨヨギ・ケンの前に巨大な敵が立ちはだかる！

影絵の騎士　　大沢在昌

ネットワークと呼ばれるテレビ産業が人々の生活を支配する近未来、新東京。私立探偵のヨヨギ・ケンは、ネットワークで横行する「殺人予告」の調査を進めるうち、巨大な陰謀に巻き込まれていく――。

深夜曲馬団（ミッドナイト・サーカス）　新装版　　大沢在昌

作品への手応えを失いつつあるフォトライターが出会ったのは、廃業寸前の殺し屋だった――。「鏡の顔」他、4編を収録した、初期大沢ハードボイルドの金字塔。日本冒険小説協会最優秀短編賞受賞作品集。

天使の牙　(上)(下)　新装版　　大沢在昌

麻薬組織の独裁者の愛人・はつみが警察に保護を求めてきた。極秘指令を受けた女性刑事・明日香がはつみと接触するが、2人は銃撃を受け瀕死の重体に。しかし、奇跡は起こった――。冒険小説の新たな地平！

角川文庫ベストセラー

天使の爪（上）（下）新装版　大沢在昌

麻薬密売組織「クライン」のボス・君国の愛人の身体に脳を移植された女性刑事・アスカ。過去を捨て、麻薬取締官として活躍するアスカの前に、もうひとりの脳移植者が敵として立ちはだかる。

軌跡　今野敏

目黒の商店街付近で起きた難解な殺人事件に、大島刑事と湯島刑事、そして心理調査官の島崎が挑む。（「老婆心」より）警察小説からアクション小説まで、文庫未収録作を厳選したオリジナル短編集。

熱波　今野敏

内閣情報調査室の磯貝竜一は、米軍基地の全面撤去を前提にした都市計画が進む沖縄を訪れた。だがある日、磯貝は台湾マフィアに拉致されそうになる。政府と米軍をも巻き込む事態の行く末は？　長篇小説。

鬼龍　今野敏

鬼道衆の末裔として、秘密裏に依頼された「亡者祓い」を請け負う鬼龍浩一。企業で起きた不可解な事件の解決に乗り出すが……恐るべき敵の正体は？　長篇エンターテインメント。

陰陽　鬼龍光一シリーズ　今野敏

若い女性が都内各所で襲われ惨殺される事件が連続して発生。警視庁生活安全部の富野は、殺害現場で謎の男・鬼龍光一と出会う。祓師だという鬼龍に不審を抱く富野。だが、事件は常識では測れないものだった。

角川文庫ベストセラー

さいえんす？　東野圭吾

「科学技術はミステリを変えたか？」「男と女の〝パーソナルゾーン〟の違い」「数学を勉強する理由」……元エンジニアの理系作家が語る科学に関するあれこれ。人気作家のエッセイ集が文庫オリジナルで登場！

殺人の門　東野圭吾

あいつを殺したい。奴のせいで、私の人生はいつも狂わされてきた。でも、私には殺すことができない。殺人者になるために、私には一体何が欠けているのだろうか。心の闇に潜む殺人願望を描く、衝撃の問題作！

ちゃれんじ？　東野圭吾

自らを「おっさんスノーボーダー」と称して、奮闘、転倒、歓喜など、その珍道中を自虐的に綴った爆笑エッセイ集。書き下ろし短編「おっさんスノーボーダー殺人事件」も収録。

さまよう刃　東野圭吾

長峰重樹の娘、絵摩の死体が荒川の下流で発見される。犯人を告げる一本の密告電話が長峰の元に入った。それを聞いた長峰は半信半疑のまま、娘の復讐に動き出す――。遺族の復讐と少年犯罪をテーマにした問題作。

使命と魂のリミット　東野圭吾

あの日なくしたものを取り戻すため、私は命を賭ける――。心臓外科医を目指す夕紀は、誰にも言えないある目的を胸に秘めていた。それを果たすべき日に、手術室を前代未聞の危機が襲う。大傑作長編サスペンス。